DAS DRACHENHERZ
Lochguard Highland Drachen
Buch 3

JESSIE DONOVAN

Mythical Lake Press, LLC

Impressum

Das Drachenherz

Englisch Copyright 2016 Laura Hoak-Kagey

Deutsches Copyright 2024 Laura Hoak-Kagey

Mythical Lake Press, LLC

www.JessieDonovan.com

Cover-Art von Laura Hoak-Kagey von Mythical Lake Design

ISBN: 979-8891560109

Die **Stonefire Drachen** und **Lochguard Highland Drachen** Serien sind miteinander verflochten. Da so viele Leser nach der Lesereihenfolge fragen, habe ich sie in dieses Buch aufgenommen. (Diese Liste gilt ab April 2026.)

Dem Drachen geopfert (Stonefire Drachen #1)

Den Drachen verführen (Stonefire Drachen #2)

Die Drachen offenbaren (Stonefire Drachen #3)

Den Drachen heilen (Stonefire Drachen #4)

Den Drachen wiedererwecken (Stonefire Drachen #5)

Das Dilemma des Drachen (Lochguard Highland Drachen #1)

Vom Drachen geliebt (Stonefire Drachen #6)

Der Drachenwächter (Lochguard Highland Drachen #2)

Dem Drachen ergeben (Stonefire Drachen #7)

Das Drachenherz (Lochguard Highland Drachen #3)

Vom Drachen geheilt (Stonefire Drachen #8)

Der Drachenkrieger (Lochguard Highland Drachen #4)

Dem Drachen helfen (Stonefire Drachen #9)

Den Drachen finden (Stonefire Drachen #10)

Vom Drachen ersehnt (Stonefire Drachen #11)

Die Drachenfamilie (Lochguard Highland Drachen #5)

Skyhunter gewinnen (Stonefire Drachen Universum #1)

Die Entdeckung des Drachen (Lochguard Highland Drachen #6)

Snowridge Verwandeln (Stonefire Drachen Universum #2)

Kapitel Eins

Lorna MacKenzie betrachtete ihren jüngsten Sohn, der mit blitzenden Drachenaugen argumentierte, und wünschte sich ausnahmsweise, er käme mehr nach seinem verstorbenen Vater Jamie.

Ihr innerer Drache schnaubte. *Zwei ernste Söhne wären viel schlimmer gewesen. Fergus und Fraser ergänzen einander.*

Fergus und Fraser waren Lornas einundzwanzigjährige eineiige Zwillinge. *Da bin ich mir nicht sicher.*

Egal, Fraser kommt doch nach Jamie. Er ist fürsorglich.

Als sie zusah, wie ihr Sohn Fraser Ross Anderson herausforderte, den Menschenmann, der bei ihr wohnte, konnte Lorna dem nicht widersprechen.

Fraser richtete sich zu seiner vollen Größe auf, sein fuchsrotes Haar glänzte im Licht. „Ich denke, es ist Zeit für dich, was Eigenes zu finden, Ross. Der

Krebs ist weg, und du nutzt die Gastfreundschaft meiner Mum aus."

Anstatt ihren Sohn dafür zu rügen, dass er Vermutungen darüber anstellte, was Lorna wollte, wollte ihre Neugier sehen, wie Ross reagieren würde.

Ihr Drache schnaubte. *Und warum das?*

Lorna ignorierte ihr Tier.

Der grauhaarige, braunäugige Menschenmann machte einen Schritt in Frasers Richtung, nicht im Geringsten eingeschüchtert durch den Drachenmann, der etwas mehr als fünfunddreißig Jahre jünger war. „Was ich tue oder bei wem ich wohne, geht dich nichts an, Junge. Wenn Lorna wollte, dass ich gehe, würde sie mir sagen, ich soll verschwinden. Sie redet nicht um den heißen Brei herum."

„Pass auf, wie du über meine Mum sprichst, Ross", knurrte Fraser.

Während die beiden Männer einander anstarrten, seufzte Frasers Gefährtin und Ross' Tochter Holly an Lornas Seite. „Wollen wir sie einfach sich austoben lassen? Ich würde viel lieber Zeit mit meinem Baby-Neffen verbringen."

Sie hörte auf, den beiden Männern zuzuhören, und antwortete Holly: „Ich würde nie Zeit mit dem kleinen Jamie ablehnen, aber Fergus braucht meine Hilfe und sollte jeden Moment hier sein."

„So?", fragte Holly. „Wobei sollst du helfen?"

Lorna lächelte. „Kann ich dir nicht sagen, Kind. Das ist ein Geheimnis."

Nicht, dass Lorna selbst in das Geheimnis eingeweiht gewesen wäre. Sie wusste nur, dass sie für Fergus mit einem alten Bekannten sprechen sollte. Da Lorna alle im Clan und mehr als ein paar Geheimnisse über sie kannte, half sie ihrem Sohn bei fast allem, was er brauchte. Sie hoffte nur, dass es etwas wäre, das dabei half, Clan Lochguard besser zu beschützen; der Angriff vor zwei Monaten lastete immer noch sehr auf ihnen. Der Wiederaufbau würde noch viele Jahre dauern.

Ihr Drache grunzte. *Wir haben es schon einmal neu aufgebaut, und werden es wieder tun. Lochguard ist stark.*

Aye, das sind wir. Aber Isolation funktioniert nicht mehr so gut wie früher. Diplomatie ist die Zukunft.

Holly öffnete den Mund, um auf Lornas Aussage zu reagieren, als Fraser die Distanz zwischen sich und Ross schloss. „Dann lass mich sie geradeheraus fragen." Fraser sah zu Lorna. „Also, wie ist es, Mum? Bist du bereit, diesen Menschen zu bitten, zu gehen?"

Holly runzelte die Stirn. „Fraser, das ist mein Dad, von dem du da gerade redest. Du solltest nicht so feindselig sein."

Lorna legte eine Hand an Hollys Arm und signalisierte ihr, dass sie sich um die Situation kümmern würde. „Ich denke, du solltest mal in den Loch tauchen."

Fraser blinzelte. „Was?"

Aus ihrem Augenwinkel sah sie, wie Ross versuchte, nicht zu lachen. Kluger Mann. „Du hast mich gehört. Warum du Ross unbedingt auf die Straße setzen willst, werde ich nie verstehen."

„Aber, Mum, er ist mehr als imstande, auf sich selbst aufzupassen", fügte Fraser hinzu.

„Und? Jetzt sind nur noch Faye, Ross und ich hier. Ich denke, Faye wird auch bald gehen, und ich wäre lieber nicht ganz allein in diesem großen Haus."

Es kostete sie all ihr Kraft, nicht zu Ross zu sehen. Sie und der Mensch verstanden sich gut. Vielleicht zu gut. Lorna hatte vor langer Zeit geschworen, keinen neuen Gefährten zu nehmen. Jamie MacKenzie war ihr wahrer Gefährte gewesen und die Liebe ihres Lebens. Sie hatte geschworen, ihn nie zu verraten, indem sie einen neuen Mann nahm.

Ihr Drache schnaubte. *Das ist fast dreißig Jahre her. Nicht mal Jamie hätte erwartet, dass wir so lange allein bleiben.*

Selbst wenn das wahr ist, sind wir viel zu alt, um jetzt mit dem Daten anzufangen. Ich weiß überhaupt nicht, was man da machen muss.

Ich schon. Wir sind vielleicht älter, aber nicht tot. Wenn du mich nicht fliegen lässt, wann immer ich will, dann solltest du einen Mann finden. Sex wird dafür sorgen, dass wir uns beide gut fühlen.

Schhh, Drache. Ein Freund ist alles, was ich will.

Vielleicht hörst du bald auf, dir selbst was vorzumachen. Ich kenne deine Gefühle für ihn. Warum es leugnen?

Da sah sie Ross an. Als er ihrem Blick begegnete und zwinkerte, setzte Lornas Herz einen Schlag aus.

Er war attraktiv, aye, aber das war nicht genug für sie. Wenn sie jemals den Mut fand, einen anderen Mann anzunehmen, wollte sie jemanden, mit dem sie zu Ende alt werden konnte.

Und ehrlich gesagt war Lorna noch nicht sicher, ob sie bereit war, ihr Herz für einen anderen Mann zu öffnen, nicht einmal einem, der sie zum Lachen bringen oder Wege finden konnte, ihr den Stress zu nehmen.

Ihr Drache seufzte hinten in ihrem Kopf. Lorna ignorierte ihr Tier und konzentrierte sich darauf, dass Fraser sie finster anstarrte.

Sie war dabei, Fraser aus ihrem Cottage zu scheuchen, als sich die Haustür öffnete. Fergus' Stimme dröhnte durch den Flur. „Mum? Ich möchte, dass du mit mir kommst."

Sie sah zu Fraser, Ross und wieder zurück. „Ihr beide regelt das oder geht euch aus dem Weg. Wenn ich zurück bin, will ich Ruhe und Frieden. Und wenn ich das nicht bekomme, dann werden beide Pos Bekanntschaft mit dem Holzlöffel machen."

Ohne ein weiteres Wort drehte sie sich um und begrüßte ihren anderen Sohn im Eingangsbereich. Vor der blassen Sonne, die seine fuchsroten Haare und blauen Augen hervorhob, kombiniert mit Fergus' ruhigem Ausdruck, war der Junge das Ebenbild seines Vaters.

Lorna wollte keine Zeit damit verschwenden, an ihren toten Gefährten zu denken, und hob die Brauen. „Und? Wohin gehen wir?"

„Komm einfach raus. Ich will nicht, dass die

anderen es hören." Fergus hob die Stimme. „Und denk nicht daran, mir hinterherzuspionieren, Fraser!"

„Wer, ich?", hallte es den Flur herunter.

Fergus schüttelte den Kopf und verließ das Cottage. Lorna schrie nach hinten, während sie ihm folgte: „Ich will Ruhe, wenn ich zurückkehre, oder ich werde ein paar Hintern versohlen! Ich mache keine leeren Drohungen!"

Da sie Ross und Fraser keine Gelegenheit geben wollte zu diskutieren, schloss sie die Tür und drehte sich um. Lorna blinzelte den Mann an, der auf ihrer Türschwelle stand. „Stuart MacKay? Bist du das?"

Der große Drachenmann mit den blauen Augen und mehr grauem als schwarzem Haar lächelte. „Lorna Stewart MacKenzie. Ist schon eine Weile her."

Sie betrachtete den Mann, den sie schon ihr ganzes Leben lang kannte. „Aye, ist es, Stu. Aber was tust du denn hier? Du solltest doch beim Seahaven-Clan sein."

Seahaven war ein kleiner, verbannter Clan von Drachenwandlern mit menschlichen Gefährten. Obwohl der alte Anführer, der sie ins Exil geschickt hatte, lange weg war, lehnten die Bewohner von Seahaven den Rückzug nach Lochguard ab. Das hatte Lochguard dazu gebracht, eine Allianz mit ihnen schließen zu wollen. Ihr Sohn Fergus hatte seit Monaten Verhandlungen geführt.

Fergus meldete sich zu Wort. „Stuart ist Seahavens Vertreter. Wir verhandeln heute über eine zaghafte Allianz, aber Stuart und sein Bruder Euan haben nur zugestimmt, zu reden, wenn Stuart dich während seines Besuchs sehen durfte. Also, da wären wir."

Lorna bemerkte, dass ihr Sohn nicht viel von der Bitte hielt. Fergus liebte Effizienz, daher musste er es als reine Zeitverschwendung ansehen, dass Seahavens Vertreter mit ihr plauderte.

Lorna wandte ihren Blick zurück zu Stuart und betrachtete den Mann, der ein Jahr älter war als sie. Sie hatte lange nicht mehr an ihn gedacht, aber einmal waren sie unzertrennlich gewesen.

Doch ihr Drache hatte andere Ideen.

Ihr Tier schnaubte. *Jamie war besser.*

Da Fergus und Stuart sie immer noch anstarrten, entschied sich Lorna, höflich zu sein, bevor sie zum entscheidenden Schlag ausholte und mehr Antworten forderte.

Lorna hielt ihren Ton leise, als sie antwortete: „Das scheint eine seltsame Vereinbarung zu sein. Aber hier bin ich. Wie du siehst, lebe ich noch. Nicht einmal meine Teufelsbraten konnten mich töten."

Einer von Stuarts Mundwinkeln zuckte nach oben. „Nicht, dass sie es nicht versucht hätten, wette ich."

„Hey, meine Kinder lieben mich." Sie sah zu Fergus und winkte. „Sag es ihm."

Fergus runzelte die Stirn, aber Stuart sprach,

bevor er es konnte. „Natürlich tun sie das. Jeder, der dich kennt, würde dich lieben, Lorna."

Seine Worte ließen die Alarmglocken in ihrem Kopf schrillen. Es war besser, das Thema zu wechseln. „Nun, da das geregelt ist, wie wär's, wenn wir losgingen? Dann kannst du mir alles über deine Gefährtin Deborah und deine Horde von Kindern erzählen."

In Stuarts Augen flackerte Trauer auf. „Deb ist vor ein paar Jahren an Krebs gestorben. Und unser einziger Sohn ist als Teenager durch die Hände der Drachenjäger getötet worden."

Verdammt! Wieder typisch für sie, jede schmerzhafte Erinnerung auf einmal in ihm zu wecken. „Tut mir wirklich leid, Stu."

Er lächelte wieder. „Von dir bedeutet mir das viel, Lorna."

Ihr Drache meldete sich. *Wenn du den Menschen nicht willst, wie wäre es dann mit Stuart?*

Lorna ignorierte ihr Tier, räusperte sich und deutete auf ihre Umgebung. „Aye, nun, wir können später noch mehr plaudern, und du kannst mir alles über deinen mutigen Sohn und deine Gefährtin erzählen. Ich habe meinen eigenen Jamie verloren, also verstehe ich die Trauer und den Schmerz mehr als die meisten anderen."

Stuart nickte. „Ich habe von Jamie gehört. Tut mir leid, Lorna."

„Das ist lange her." Stuart öffnete den Mund, doch Lorna kam ihm zuvor. „Aber wir können später reden. Wenn wir uns nicht bewegen, wird Fergus einen Schlaganfall bekommen."

Fergus runzelte die Stirn. „Zu übertreiben hilft niemandem."

„Das stimmt nicht. Bei kleinen Kindern hilft es ganz gut. Das wirst du schon bald genug herausfinden, wenn der kleine Jamie erst einmal herumläuft und sich auf Dinge einlässt, die er nicht sollte." Eine kühle Brise wehte, und Lorna rieb die Hände zusammen. „Im Moment ist es verdammt eiskalt hier draußen, und wir sollten uns bewegen. Meine Knochen sind kein Fan der Kälte, und ich glaube nicht, dass du für meinen Tod verantwortlich sein willst, Fergus."

Ihr Sohn seufzte, weil sie es wieder überzog.

Stuart grinste jedoch über ihren absichtlichen Gebrauch dieser Übertreibungen. „Aye, ich kenne das Gefühl, da wir gleich alt sind." Er streckte seinen Arm aus und wedelte mit dem Ellbogen. Lorna schnaubte, während sie sich unterhakte. Stuart fügte hinzu: „Also lass uns zusehen, dass wir beide aus der kalten Luft kommen, bevor wir uns noch den Tod holen."

Fergus musterte sie eine Sekunde. Er widersetzte sich klugerweise, dagegen etwas einzuwenden, und deutete nur zur Kommandozentrale der Beschützer. „Hier entlang."

Als sie Fergus folgten, widerstand Lorna dem Wunsch, zu dem gutaussehenden, blauäugigen Drachenmann an ihrer Seite aufzusehen. Obwohl die Dinge anfangs unangenehm gewesen waren,

waren sie fast in alte Zeiten zurückgefallen mit ihrem Necken.

Ihr Drache meldete sich wieder zu Wort. *Wenn nicht Ross, was ist dann mit Stuart? Such dir einen aus!*

Lorna mochte keine Ultimaten. Und doch fragte sie sich, ob sie sich vielleicht an einen der Männer ranmachen sollte.

Aber sie würde das alles später durchdenken. Für den Moment würde sie es einfach genießen, am Arm eines gutaussehenden Drachenmanns zu gehen, besonders einem, mit dem sie eine so tiefe Geschichte verband.

Es mochte dreißig Jahre her sein, aber die Zeit würde nicht die Tatsache löschen, dass sie und Stuart MacKay fast Gefährten geworden wären. Ohne Jamies mutigen Schritt wären ihre Kinder stattdessen Stuarts gewesen.

Sie fragte sich, warum er sie nach all den Jahren sehen wollte. Wenn er nach einer neuen Gefährtin suchte, überlegte Lorna, wie sie reagieren würde.

Ross Anderson atmete tief ein und ließ es raus, als Fraser und Holly die Hintertür hinter sich schlossen. Ross war normalerweise nicht hitzköpfig, aber Lornas Sohn hatte so eine Art, das Schlimmste aus ihm hervorzuholen. Würde seine Tochter den Drachenmann nicht lieben, hätte Ross schon lange versucht, sie davon zu überzeugen, ihn zu verlassen.

Aber Holly liebte ihn nun mal, aus welchem Grund auch immer, also ließ Ross die Überfürsorglichkeit des Jungen über sich ergehen. Na ja, manchmal. Ross war sich nicht zu schade, Fraser am Ohr zu packen, wenn er jemals wirklich eine Grenze überschritt.

Allerdings war Fraser dieser Grenze vorhin sehr nahegekommen. Um ehrlich zu sein, hatte der Junge mit seinem Streit einen Punkt getroffen.

Jeden Tag fragte sich Ross, ob Lorna ihn bitten würde, zu gehen. Die Tatsache, dass sie es nicht schon getan hatte, ließ ihn glauben, dass er noch eine Chance bei der Drachenfrau habe.

Er wusste sehr gut, dass Lorna ihren toten Ehemann noch betrauerte. Ross verstand das Gefühl besser als jeder, wenn man bedachte, dass seine eigene Frau vor über einem Jahrzehnt ermordet worden war. So wie Lorna ihren toten Mann liebte, würde er Anne immer lieben. Um ehrlich zu sein, Ross hatte nie erwartet, jemand anderen zu finden, besonders, nachdem der Krebs ihn gepackt hatte.

Aber die Behandlungen, für die seine Tochter so viel aufgegeben hatte, hatten angeschlagen. Vor ein paar Wochen war er für krebsfrei erklärt worden. Zum ersten Mal seit langer Zeit hatte er eine Zukunft.

Und während Lorna entschlossen sein mochte, ihr Herz versiegelt zu halten, wollte Ross mehr als nur ihre Gespräche oder Kopfschütteln über ihre

Kinder. Nicht nur, weil sie schön war − obwohl sie das für ihn war −, sondern auch wegen ihres Herzens, ihrer Lebendigkeit und ihres Humors. Er konnte sich vorstellen, mit ihr zusammen alt zu werden. Oder besser gesagt, älter.

Nur weil es für männliche und weibliche Drachenwandler illegal war, sich zu paaren, hielt er seine Gefühle für Lorna geheim und verzögerte seine Pläne, ihr den Hof zu machen. Nun, geheim war vielleicht nicht das richtige Wort. Aber wenn die Gesetze anders gewesen wären, hätte er sich von der feurigen Frau einen Kuss ergaunert, als er erfuhr, dass sein Krebs verschwunden war.

Und doch, nachdem sich neulich im Fernsehen eine Drachenwandlerin namens Nikki Gray und ein Menschenmann namens Rafe Hartley im Fernsehen gepaart hatten, begann Ross zu denken, dass er eine Chance bei Lorna MacKenzie haben könnte.

Richtig, Anderson. Je länger du es aufschiebst, desto größer ist die Chance, dass jemand anderes sie dir nehmen wird. Ohnehin war er überrascht, dass Lorna nicht eine Horde von Männern hatte, die hinter ihr her waren. Wahrscheinlich, weil sich die verdammte Frau um alle anderen kümmerte, nur nicht um sich selbst.

Das würde sich bald ändern, wenn Ross etwas dazu zu sagen hatte. Nachdem Lorna ihm so viele Monate geholfen hatte, wollte er den Gefallen erwidern und noch mehr.

Allein der Gedanke daran, Lorna zu halten und

sie zu küssen, ließ Hitze durch seinen Körper strömen. Er hatte viele Nächte damit verbracht, von der Frau zu träumen.

Es war an der Zeit, diese Träume Wirklichkeit werden zu lassen.

Er musste sich nur einen Plan ausdenken. Ross setzte sich auf den Stuhl im vorderen Raum und versuchte, sich etwas einfallen zu lassen, wie er Zeit mit der Drachenfrau allein bekommen konnte, als er Lorna durch das Fenster sah, wie sie am Arm eines großen Mannes davonging. Der Mann wandte lächelnd den Kopf. Er war zu alt und grau, um ihr Sohn zu sein.

Ross kannte zwar nicht alle in Lochguard, aber er konnte sich nicht erinnern, den Mann jemals gesehen zu haben.

Sein Herz setzte einen Schlag lang aus. Vielleicht war er ein dummer Narr gewesen und hatte doch zu lange gewartet.

Nein. Er würde nicht aufgeben, bis er mehr wusste. Der andere Mann, der sich hinabbeugte, um Lorna anzulächeln, konnte ein Freund oder sogar ein Verwandter sein. Ross wollte nicht gleich das Schlimmste annehmen.

Er würde heute Abend einen Weg finden, mit Lorna allein zu sein und herauszufinden, was er konnte. Wenn es nur den Hauch einer Gelegenheit gäbe, würde Ross alle Register ziehen, um die hartnäckige Frau davon zu überzeugen, ihm eine Chance zu geben.

Lorna hatte Jahrzehnte damit verbracht, ihre Kinder großzuziehen und sich um sie zu kümmern. Da sie nun alle erwachsen waren, war es höchste Zeit, dass sie ein bisschen Vergnügen für sich hatte. Und Ross wäre derjenige, der ihr das gab.

Kapitel Zwei

Stille hüllte sie ein, als Lorna mit Stuart MacKay ging, und sie entschied, dass es genug der Höflichkeiten gegeben hatte. „Warum hast du dich freiwillig gemeldet, nach Lochguard zurückzukommen?"

Stuart hob die Brauen. „Du willst keinen Frieden zwischen unseren Clans?"

„Doch, natürlich tue ich das. Aber Fergus und Finn sind für die Verhandlungen zuständig, nicht ich. Ich möchte wissen, warum du gerade mich sehen wolltest."

Er zwinkerte. „Du bist schon immer gleich auf den Punkt gekommen."

„Natürlich. Spart eine Menge Zeit. Clanführer würden doppelt so viel schaffen, wenn sie nur ihre Meinung äußern würden." Sie zog vorsichtig an seinem Arm. „Also, warum?"

Stuart blickte zu Fergus ein Stück vor ihnen an

und zurück zu ihr. Er beugte sich hinunter und flüsterte ihr ins Ohr: „Wir waren einmal Freunde, Lorna. Ich wäre gern wieder mit dir befreundet. Als ich also hörte, dass mein Bruder nach einem Gesandten für Lochguard suchte, habe ich mich freiwillig gemeldet." Er beugte sich näher, und sein heißer Atem kitzelte ihr Ohr. „Soweit ich gehört habe, bist du ungebunden."

Es war ihr egal, ob Fergus es hörte oder nicht, und sie antwortete: „Das geht dich verdammt nochmal nichts an."

„Ah, also ist da jemand."

Sie zögerte. Ross hatte sie während seines Aufenthalts auf Lochguard ein paarmal kurz geküsst, aber er war nie weitergegangen. Jedes Mal, wenn sie akzeptierte, dass sie nur Freunde sein würden, nahm der verdammte Mann ihre Hand, und ihr lief ein Schauer über den Rücken und verwirrte sie.

Ihr Tier meldete sich zu Wort. *Nichts sagt, dass du nicht diejenige sein kannst, die ihn küsst. Die Zeiten sind jetzt anders.*

Sie ignorierte ihren Drachen und versuchte, sich einfallen zu lassen, wie sie auf Stuarts Vermutung antworten sollte. Sie konnte Ja sagen und ihn vertreiben. Andererseits, wenn Ross jemand anderen in Betracht zöge, wäre es schön, jemanden zu haben, mit dem sie reden konnte. Schließlich hatten sie und Stuart einander mal nahegestanden.

Sie wollte sich ohrfeigen. Fast dreißig Jahre lang

hatte sie nie daran gedacht, einen anderen Mann zu wollen. Und doch war sie jetzt hier und dachte an zwei an einem Tag.

Himmel, sie war nicht viel besser als ein Teenager.

Sie räusperte sich und antwortete: „Du konzentrierst dich jetzt auf dein Treffen und deine Verhandlungen, und wir können später reden."

In Stuarts Augen blitzte Entschlossenheit auf. Vielleicht hatte er es als Ermutigung verstanden.

Stuart nickte. „Ich freue mich drauf."

Lorna hatte keine Ahnung, ob Fergus ihr Gespräch mit Stuart gehört hatte oder nicht, aber ihr Sohn drehte sich nicht um, um einzugreifen. Anders als Fraser wusste Fergus, wann er seine Zunge hüten musste. Es sei denn, das Leben seiner Gefährtin oder seiner Familie stand auf dem Spiel. Dann war alles möglich.

Der Junge war mehr wie sein Vater, als er je wissen würde.

Sie kamen an einem der Eingänge zur Kommandozentrale der Beschützer an. Wenn sie nicht wollte, dass sich der Tratsch wie ein Lauffeuer ausbreitete und Meg Boyds Ohren – die ihrer Freundin, aber auch Rivalin – erreichte, sah es so aus, als müsste Lorna ihr Gespräch mit Stuart später fortsetzen.

Ihr Drache meldete sich zu Wort. *Das gibt mir auch Zeit, deine Meinung zu ändern.*

Wer sagt, dass ich mir schon eine Meinung gebildet habe?

Interessant. Du hast Männern und der Liebe seit fast dreißig Jahren abgeschworen. Vielleicht ist Stu das, worauf du gewartet hast? Der Mensch würde ein Risiko mit sich bringen, aber ein Drachenwandler wäre sicher.

Irgendwann hatte Lorna das vielleicht über Stuart MacKay gedacht. Als sie Jamie MacKenzie geküsst hatte und in den Gefährtenrausch gefallen war, hatte ihr etwas an ihm gelegen, sie hatte ihn aber noch nicht geliebt. Es hatte nicht lange gedauert, bis ihr Drachenmann mit den kastanienbraunen Haaren ihr Herz gewann, aber für kurze Zeit hatte sie nicht ausgeschlossen, zu Stuart zurückgehen, wenn das mit Jamie nicht funktionierte. Alle Drachenwandler hatten das Recht, ihren wahren Gefährten abzulehnen, wenn sie nicht gut passten. Während das Schicksal normalerweise einen spitzenmäßigen Job erledigte, gab es immer Fälle, in denen es nicht klappte. Einige Clans mochten es erzwingen, aber in der jüngsten Geschichte war Lochguard keiner von ihnen gewesen und war es immer noch nicht.

Doch als sie Stuart aus dem Augenwinkel betrachtete, musste Lorna zugeben, dass er gut gealtert war. Die Lachfältchen um seinen Mund und die an seinen Augen trugen nur zu seiner Attraktivität bei.

Natürlich hatte Ross ein Grübchen in einer seiner Wangen, wenn er lächelte. Und seine braunen Augen waren mehr wie Whiskey als Schokolade.

Ihr Drache schnaubte. *Dann mach' dich an Ross ran. Er will uns.*

Wovon sprichst du? Ross hat nie versucht, mich zu umwerben. Jedes Mal, wenn ich dachte, er würde mich küssen, hat er sich zurückgezogen. Wir verstehen uns. Das war's.

Für so eine intelligente Frau entgeht dir aber ganz gut was.

Sie verdrehte innerlich die Augen. *Und was wäre das, du ach so schlaues Tier?*

Bis vor ein paar Wochen hat Ross nicht gewusst, ob er eine Zukunft hat. Jetzt, wo er krebsfrei ist, tut er es. Du hast den Blick in seinen Augen gesehen, als du ihn nicht rausgeschmissen hast. Er mag uns.

Lorna wäre fast gestolpert, und ihr Drache lachte, bevor er hinzufügte, *Du weißt, dass es wahr ist. Die Frage ist jetzt, willst du Ross oder Stu?*

Sie tat die Entscheidung als lächerlich ab, da Lorna in ihrem Leben keinen Mann brauchte, um die Dinge zu verkomplizieren, als sie den Besprechungsraum erreichten. Sie zwang sich, auf ihren Sohn und die laufenden Verhandlungen zu achten. Ihre dummen Männerprobleme konnten warten.

Ihr Drache saß einfach mit einem selbstgefälligen Gesichtsausdruck in ihrem Hinterkopf.

Lorna würde sich später um diese Kopfschmerzen kümmern.

Sobald Fergus die Tür zum privaten Konferenzraum schloss, setzten sie sich alle um den

Tisch, bevor er zu reden begann. „Gut, dann. Gehen wir die Punkte unserer letzten Vereinbarung noch einmal durch und sehen, ob wir sie nicht unterzeichnen können."

Als Lorna ihren Sohn und ihren ehemaligen Geliebten dabei betrachtete, wie sie eine Allianz diskutierten, fragte sie sich, was sie tun würde, wenn ihr Drache recht mit Ross und Stuart hätte. Zum größten Teil wussten die Männer auf Lochguard, dass sie nicht interessiert war. Aber Ross und sogar Stuart passten nicht zu diesen Parametern.

Die eigentliche Frage war, ob sie einen neuen Gefährten wollte oder nicht.

Lorna wusste die Antwort, hatte aber Angst, sie zuzugeben. Auch wenn es schon schlimm genug gewesen war, dass Jamie sie Stuart weggenommen hatte, hatte Lorna nun ihre Kinder und ihren Neffen, um die sie sich Sorgen machen musste. Sie waren alle erwachsen und beschützten sie. Das war süß, wenn man bedachte, dass Lorna auf sich selbst aufpassen konnte. Aber es war nur eine Frage der Zeit, bis ihre fürsorglichen Stewart- und MacKenzie-Gene in den Turbogang schalteten. Das Letzte, was Lochguard brauchte, war Drama, geschweige denn Drachen, die sich gegenseitig am Himmel herausforderten. Fergus mochte sich zurückhalten, aber Fraser und Faye würden es definitiv nicht tun.

Ihr Drache lachte leise. *Dann wirst du dir einen aussuchen. Ich kann es nicht abwarten.*

Lorna widerstand einem Seufzer. Ihr könnten

ein paar Kämpfe bevorstehen. Die Frage war, ob sie sich darauf freute oder sich fürchtete.

Oder war es etwas von beidem?

SPÄTER AM TAG, als sich die Sonne am Himmel senkte, nahm Ross einen Zweig vom Boden und drehte ihn in seinen Fingern. Er hoffte, Lorna würde kommen.

Er hatte ihr eine Nachricht hinterlassen, sie solle ihn in einer der versteckten Lichtungen hinten im Clan treffen. Ross hatte jeden Nachmittag als Teil seiner Genesung damit verbracht, Lochguard zu erkunden, und war versehentlich über die Lichtung gestolpert.

Es war ein weitläufiger Raum, mit Bäumen am Rand. Wenn es jemals einen Ort gäbe, an dem er Lorna überzeugen könnte, sich für ihn zu wandeln, und nur für ihn, dann war er hier.

Er hoffte nur, dass er nicht dumm war, zumal die Luft Anfang April noch kalt war und seine Gelenke die Kälte nicht so vertrugen wie früher. Das einzig Gute war, dass es nicht regnete, sonst hätte er es verschieben müssen, was er um jeden Preis vermeiden wollte. Er hatte seine Entscheidung getroffen, und Ross wollte seinen Plan durchziehen.

Er wusste, dass, wenn Lorna nicht beide Hälften mit ihm teilte, sie nie eine Chance auf eine gemeinsame Zukunft haben würden. Er musste Lorna in Drachengestalt sehen.

Er war auch entschlossen herauszufinden, was auch immer sie verbarg, weil er sich sicher war, dass sie vor etwas Angst hatte.

Er ging auf und ab. Er mochte den ganzen Textnachrichten-Trend nicht, also hatte er einen Brief geschrieben und ihn ihr in der Küche gelassen. Ross hoffte, sie hatte ihn gefunden, sonst würde er lange warten.

Er sah auf seine Uhr und bemerkte, dass Lorna drei Minuten hatte, bevor sie zu spät kam. Es beunruhigte ihn, dass es so knapp war, da Lorna immer überpünktlich war.

Er hörte jedoch, wie jemand durch das Unterholz brach. Als er aufblickte, sah er Lorna, die mit neugierigem Ausdruck auf ihn zukam.

Obwohl sie in einen großen Mantel gewickelt war, schickte die Kombination aus dem Wind, der sanft ihr grau-blondes Haar verwehte, und der Röte auf ihren Wangen einen Hauch von Hitze durch seinen Körper. Bevor er zu viel darüber nachdenken konnte, platzte er heraus: „Du bist so schön!"

Lorna runzelte die Stirn, als sie ein paar Meter vor ihm anhielt. „Pardon?"

Ross' Herz schlug doppelt so schnell in seiner Brust. Es war schon lange her, dass er ein Mädel hatte umwerben müssen, aber er würde sich nicht davon aufhalten lassen. „Da du immer damit prahlst, wie gut dein Gehör ist, weiß ich, dass du mich gehört hast, Frau. Du bist schön."

Lorna sah in seine Augen, bevor sie antwortete:

„Aye, ich habe es beim ersten Mal gehört. Aber ich frage mich, warum du es gesagt hast."

Er ging ein paar Schritte näher, streckte die Hand aus und schob ihr eine Strähne hinter das Ohr. Lorna hielt den Atem an, und er lächelte. „Das habe ich mir gedacht."

Sie trat einen Schritt zurück. „Ich weiß gar nicht, wovon du sprichst, Ross Anderson. Du hast mir eine kryptische Nachricht hinterlassen, um dich mit mir mitten auf einer verdammten Lichtung zu treffen. Warum bin ich hier?"

„Weil", antwortete er, als er die Distanz zwischen ihnen wieder schloss, „ich sehen will, wie du dich wandelst."

Lorna versuchte, wieder auszuweichen, aber Ross streckte eine Hand aus und zog sie an seinen Körper. Als er ihr in die Augen starrte, blitzte dort Unsicherheit auf. Wenn man bedachte, was für eine starke Frau Lorna war, mochte Ross das gar nicht.

Lorna ergriff das Wort, bevor er es konnte. „Ich habe es dir schon einmal gesagt, und ich werde es dir noch einmal sagen: Ich wandle mich nicht mehr. Meine alten Knochen können das nicht verkraften."

Ihre Pupillen blitzten zu Schlitzen und zurück. Einer von Ross' Mundwinkeln zuckte nach oben. „Ich glaube, dein Drache nennt dich bereits eine Lügnerin."

„Ach, du sprichst jetzt also die Drachensprache?"

„Sei nicht albern, Lorna. Aber was könnte dein Drache sonst gerade sagen? Vor allem, da alle anderen Clan-Mitglieder unseres Alters ständig wandeln." Er bewegte eine Hand an ihren Rücken und streichelte sie. Er wartete darauf, ob sie stillhielt oder sich zurückzog, aber Lornas Ausdruck änderte sich nicht. Das gab ihm die Ermutigung, weiterzumachen. „Ich will wissen, warum du es immer wieder ablehnst. Du lügst selten, soweit ich weiß. Warum hast du also Angst, mir deinen Drachen zu zeigen, Lorna MacKenzie? Weil ich ein Mensch bin?"

Sie runzelte erneut die Stirn. „Natürlich nicht. Ob du Mensch oder Drache bist, beeinflusst meine Meinung nicht auf die eine oder andere Weise."

„Was ist es dann?"

Nachdem sie seinen Blick kurz gehalten hatte, seufzte sie. „Du lässt mich nicht gehen, wenn ich nicht wandle, oder?"

„Nein", erwiderte er mit einem Grinsen.

„Du erinnerst dich schon daran, dass ich stärker bin als du, oder?"

Er knurrte und bewegte seinen Kopf näher. „Wir haben schon lange festgestellt, dass du stärker bist als ich, mit besserem Hör- und Sehvermögen. Du musst mich nicht immer niedermachen."

Schnaubend tätschelte Lorna seine Brust. „Aber es macht so viel Spaß."

Er bewegte seine Hand von ihrem Rücken auf ihre Wange und knurrte: „Ich kann mir was anderes vorstellen, das Spaß macht."

Begehren vermischt mit Verwirrung erfüllte

Lornas Augen. „Du bist ja schon wieder so kryptisch."

„Dann lass mich es dir zeigen, Frau."

Bevor sie ihn wegstoßen oder antworten konnte, senkte Ross seinen Kopf und küsste sie.

LORNA HATTE sich mit ihrem Drachen gestritten, als Ross sie endlich küsste.

Sie erwartete halb, dass Schuld und Verrat durch ihren Körper fließen würden, aber als die Lippen ihres Menschen ihre berührten, stürzte eine lange begrabene Sehnsucht hervor.

Es war Verlangen.

Ross war anfangs sanft, aber sobald sie sich gegen ihn lehnte und ihre Finger durch sein Haar schob, wurde er kühner und ließ seine Zunge in ihren Mund gleiten.

Jeder heiße, harte Stoß wühlte sowohl Frau als auch Tier auf. Es war viel zu lange her, seitdem sie von einem Mann geküsst worden war.

Ihr Drache knurrte. *Dann fange an, den Kuss zu erwidern.*

Lorna war sich nicht sicher, ob sie sich daran erinnerte, wie man einen Mann richtig küsste, aber entschied, was zum Teufel, und begegnete Ross' Zunge Schlag für Schlag. Als er in ihren Mund stöhnte und sie näher an seinen Körper presste, entging ihr nicht, dass seine Erektion gegen ihren Bauch drückte.

Ihr Drache summte. *Ja, ja! Nach all dieser Zeit können wir wieder Sex haben!*

Die Worte ihres Drachen sandten Beschämung durch ihren Körper. Lorna MacKenzie war vielleicht frech und in der Lage, mit ihrer widerspenstigen Brut umzugehen, aber sie war definitiv keine Sexgöttin.

Ross musste ihre Gedanken gespürt haben, denn er unterbrach den Kuss und murmelte: „Was ist los, Lorna?"

Da ihre Hand in Ross' Haar blieb, streichelte sie sanft über seine Kopfhaut. Die Bewegung half ihr, ihre Gedanken zu fokussieren. Sie entschied, ihm die Wahrheit zu sagen. „Es ist schon lange her, Ross. Und ich bin nicht so jung wie ich mal war. Selbst für einen Drachenwandler fordert die Geburt und Erziehung von drei Kindern einen Tribut von einer Frau."

Er schnaubte. „Du weißt wirklich nicht, wie schön du bist, oder?" Er verfolgte die Linien um ihren Mund und ihre Augen. „Jede davon repräsentiert eine Geschichte und mindestens ein Dutzend Erinnerungen. Ich bevorzuge jederzeit Frauen mit Persönlichkeit und Geschichte anstatt falscher Schönheit."

Sie musterte ihn. „Ich kann gerade nicht sagen, ob du mir nur schmeichelst oder aufrichtig bist."

Er verdrehte die Augen. „Ich bin nicht gerade der Mann, der Süßholz raspelt, wenn es um dich geht, Lorna. Nach all den Monaten zusammen hätte ich gedacht, dass du das inzwischen merken würdest."

Sie schlug ihm auf die Brust und antwortete: „Es kam alles ein bisschen plötzlich, du Teufel. Nach all den Monaten, warum jetzt?"

Ross sah in ihre Augen und antwortete: „Bis mein Krebs weg war, waren mir die Hände gebunden. Ich wollte nicht, dass du jemandem nahekommst, nur damit er dir wieder von der Seite gerissen wird."

„Wie Jamie."

„Aye, wie dein Gefährte Jamie." Er hielt kurz inne, um ihr Kinn in die Hand zu nehmen. „Erzähl mir von ihm." Sie öffnete den Mund, um zu protestieren, doch er unterbrach sie. „Und leugne es nicht. Es ist klar, dass du immer noch oft an ihn denkst, wie du es solltest. Aber nicht über ihn zu reden bedeutet, dass du deine Liebe nicht mit der Welt teilen kannst."

Sie sah ihn von der Seite an. „Seit wann bist du so weise?"

„Ich habe so meine Momente", sagte er und zwinkerte

Lorna lachte. „Du warst sicher ein ganz schöner Charmeur bei den Mädels, als du jünger warst."

„Aye, das war ich, und ich würde gern denken, dass ich es immer noch bin. Es war eine stille Frau, die mir schließlich ins Auge fiel. Aber wir reden nicht über Anne, bis du mir von Jamie erzählst."

Jamie. Allein die Erinnerung an sein letztes Lächeln, als er ihren schwangeren Bauch gestreichelt hatte, verdrehte ihr Herz. „Er war ein Narr."

„Pardon?"

Sie sah wieder auf. „Es stimmt aber. Ich habe ihn mehr als das Leben selbst geliebt, aber anstatt das Gewitter abzuwarten, stürmte er nach Hause, sobald er hörte, dass ich in den Wehen war.

Er sagte, er habe die Geburt seiner ersten beiden Kinder gesehen und würde das Jüngste nicht seiner Anwesenheit berauben, sonst würde er sich das ewig anhören, während das Mädchen heranwuchs."

Ross lächelte. „Wie ich Faye kenne, hätte sie es wahrscheinlich ständig zur Sprache gebracht."

„Aye, das hätte sie." Ihre Kehle schnürte sich zu, und ihre Stimme brach. „Aber wenn er ein oder zwei Stunden gewartet hätte, wäre der Sturm vorbei gewesen, und er hätte es noch rechtzeitig nach Hause geschafft. Der Idiot!"

Ihr Drache grummelte: *Niemand kann die Vergangenheit ändern. Das weißt du.*

Das bedeutet immer noch nicht, dass ich mir nicht wünschen kann, es wäre anders.

Ross zog sie an sich und legte seine Wange auf ihren Kopf. Seine warme Gegenwart tröstete sie. „Auch, wenn er weg ist, weißt du, dass er dich und die Kleinen geliebt hat." Ross hielt inne und streichelte ihren Rücken. „Mein Dämon ist, dass ich mehr hätte tun können, um meine Frau zu beschützen, und ich habe es nicht getan."

Ross mochte akzeptiert haben, dass seine verstorbene Frau nicht mehr war, aber die Schuld lag schwer auf seinen Schultern.

Um Hollys willen hatte er es tief im Inneren versteckt. Seine Holly-Beere war verzweifelt genug über die Nachricht vom Mord an ihrer Mutter gewesen. Sie brauchte nicht auch noch einen reumütigen und trauernden Vater, um ihre Probleme zu verschlimmern.

Er hatte nie wirklich über sein Schuldgefühl gesprochen. Und doch kannte er Lorna gut genug, um zu wissen, dass sie ihn nicht wegstoßen und die Flucht ergreifen würde. Sie würde sich alles anhören, bevor sie eine Entscheidung traf.

Apropos Lorna, sie zog sich zurück und begegnete wieder seinem Blick. „Ich glaube irgendwie, dass du die Situation aufblähst, Mensch."

Er hob die Brauen. „Also hast du in meiner Vergangenheit gegraben, wie?"

„Natürlich nicht. Aber wenn man bedenkt, wie fürsorglich du und Holly seid, kann ich mir nicht vorstellen, dass du deine verstorbene Frau absichtlich im Stich gelassen hast."

Er schüttelte den Kopf. „Anne hat gegen Ende um ihr Leben gebangt, wegen des Mannes, der sie gestalkt hat. Ich konnte die verdammte Polizei nicht dazu bringen, die Bedrohung zu sehen und ernst zu nehmen. Erst als es zu spät und Anne ermordet worden war, haben sie es untersucht." Er fuhr sich mit einer Hand durchs Haar. „Ich hätte in eine andere Stadt ziehen können, um meine Frau zu beschützen. Aber ich habe mir mehr Sorgen um eine bevorstehende Beförderung gemacht und war um unsere Finanzen besorgt. Rückblickend erscheint das alles lächerlich."

„Deine Frau wurde von einem obsessiven Stalker ermordet, aye? Ich bezweifle irgendwie, dass er leicht aufgegeben hätte. Wenn ihr nicht nach Amerika oder an einen anderen entfernten Ort gezogen wärt, hätte er euch gefunden."

„Das weiß ich nicht", sagte Ross. „Er wäre wahrscheinlich nicht ins ländliche Wales gewandert, um sie zu finden."

Lorna schnalzte mit der Zunge. „In der heutigen Zeit, selbst damals, als deine Frau entführt wurde, war es einfach genug, Leute mit dem Internet zu finden. Man müsste schon seinen Namen ändern und vielleicht sogar das Aussehen, um wirklich zu verschwinden. Nur wenige können das ohne die Hilfe der Regierung schaffen."

Er schüttelte den Kopf. „Ich weigere mich zu glauben, dass wir nichts hätten tun können."

„Hör mir zu, Ross Anderson. Ich kenne das Was-wenn-Spiel besser als jeder andere. Ich hätte Jamie sagen können, er solle wegbleiben, oder ich würde ihn aus dem Cottage werfen. Oder den Arzt bitten, ihn zu überzeugen, dass ich noch reichlich Zeit hatte, bevor ich gebären würde. Aber ich habe nichts von diesen Dingen getan. Wäre er dennoch im Sturm zurückgeflogen? Vielleicht, vielleicht auch nicht. Aber ich bin sechzig Jahre alt und denke gern, dass ich ein bisschen Weisheit besitze. Zeitmaschinen gibt es nicht, und nur so könnte ein Mensch wirklich die Vergangenheit verändern."

Ross neigte den Kopf. „Das ist alles Mist."

Lorna schnalzte mit der Zunge. „Pass auf, Ross. Auch ohne zu wandeln, kann ich ein oder zwei Krallen ausfahren. Du willst mich nicht wütend machen."

„Du tust so, als wäre ich der Unvernünftige, aber du willst verdammt nochmal nicht einmal in einen Drachen wandeln, obwohl das die Hälfte von dem ausmacht, was du bist. Ich denke, es ist mit Jamies Tod verbunden, was bedeutet, dass du die Vergangenheit nicht so sehr akzeptiert hast, wie du es mir glaubhaft machen willst." Lorna zögerte, und er beschloss, noch eins obendrauf zu setzen. „Willst du mich vom Gegenteil überzeugen? Dann wandle und beweise, dass du darüber hinweg bist. Dann kannst du anfangen, mir Vorträge über meine eigene Schuld zu halten."

Lorna sah ihm in die Augen. „Ich bin mir nicht sicher, Ross Anderson, dass mir gefällt, wie du versuchst, mich zu manipulieren. Ich bin klüger als das."

„Oh, ich weiß, dass du clever bist. Aber das bedeutet nicht, dass ich es nicht versuchen werde."

Mit einem Schnauben stieß Lorna gegen seine Brust. „Solange du weißt, dass du gegen mich nicht gewinnen kannst."

Er hob die Brauen. „Oh, aye? Ich glaube, ich

habe da ein paar Tricks, um dir das Gegenteil zu beweisen. Wandle, meine Liebe, und du wirst es bald herausfinden. Vielleicht wirst du sogar darum betteln."

Als Lornas Pupillen aufblitzten, widersetzte sich Ross einem Lächeln. Er würde gern denken, dass ihr Tier auf seiner Seite war. Nach dem, was er in seiner Zeit in Lochguard herausgefunden hatte, waren die Drachenhälften extrem sexuell. Lorna mochte zwar älter und es ihr an Übung mangeln, aber Ross war zuversichtlich, dass Lorna, sobald er sie nackt und für sich selbst hatte, ein Kracher wäre. Ihr Drache würde sie nur noch mehr dazu machen.

Sie hob ihr Kinn. „Ich werde wandeln, aber zuerst will ich noch einen Kuss. Und nicht nur einen Schmatzer auf die Wange, sondern einen, der auch meinem Drachen gefällt."

Ross grinste und berührte ihre Wange. „Ich wusste, dass du meinen Reizen nicht widerstehen kannst, Mädel."

Lorna verdrehte die Augen. „Ich könnte auf die Überheblichkeit verzichten."

„Aye, vielleicht könntest du das. Aber ich denke gern, dass es meine Anziehungskraft noch verstärkt."

„Beeil dich und küss mich, du alter Idiot, oder ich werde mein Angebot zurücknehmen."

Ross beugte sich vor und sagte: „Das können wir jetzt nicht haben, oder?" Er knabberte an ihrer Unterlippe. „Halt' dich fest, Liebes. Dein Drache wird das mögen."

Ross nahm Lornas Lippen in einem rauen Kuss, schlang seinen freien Arm um ihre Taille und zog sie näher. Er erkundete ihren Mund, nahm ihren Geschmack und ihre Hitze auf. Lorna war Sonnenschein mit Sahne gemischt.

Er vertiefte den Kuss und streichelte besitzergreifend gegen ihre Zunge. Egal, wie lange es dauerte, er küsste sie weiter, um ihrem Drachen zu gefallen. Und dann vielleicht ein kleines bisschen länger für sich selbst.

Kapitel Drei

L orna erlaubte Ross einen Moment lang, ihren Mund zu dominieren, bevor sie reagierte und ihre Zunge mit seiner ringen ließ.

Der Mensch wusste, wie man küsste! Nicht, dass sie ihm das jemals sagen würde. Es würde ihm direkt zu Kopf steigen.

Ihr Drache meldete sich zu Wort. *Hör auf zu denken, und genieße es einfach. Unser Mensch begehrt uns eindeutig.*

Lorna ignorierte die Worte ihres Tiers über ihren Menschen und ließ eine Hand über Ross' Rücken zu seiner Pobacke laufen. Er quietschte, bevor er ihr in den Mund knurrte. Die Vibration schickte ein Kribbeln durch ihren Körper, geradewegs zwischen ihre Beine.

Ihr Drache meldete sich erneut. *Ja, ja! Ich will mehr.*

Nicht jetzt. Die Dinge sind kompliziert.

Wie? Du willst ihn. Er will eindeutig uns. Nimm ihn!

Ross unterbrach den Kuss, um zu murmeln: „Hör auf, so angestrengt nachzudenken, Frau."

„Sag mir nicht —"

Aber Ross unterbrach sie mit einem weiteren Kuss. Sowohl die menschliche als auch die Drachenhälfte mochten diese neue Seite an ihm.

Er bewegte seine Hände von ihrem Gesicht zu ihrem Rücken, packte ihren Po und schaukelte sie gegen seine Erektion. Lorna keuchte bei der Berührung.

Ross schmunzelte. „Warte, bis du mich in all meiner Pracht siehst, Mädel. Dann wirst du wirklich keuchen."

„Das ist doch Quatsch!"

„Oh, aye? Dann sollten wir das vielleicht ein für alle Mal klären. Draußen ist es ein kleines bisschen kalt, aber ich bin sicher, dass wir einen Ort finden können, um das hier beizulegen."

Sie versuchte, nicht zu lächeln. „Ich werde nicht in einem verlassenen Cottage rummachen, Ross. Du könntest dir die Hüfte brechen."

Er knabberte an ihrer Unterlippe. „Freches Frauenzimmer!"

Schmunzelnd beugte Lorna sich hinab, um seinen Hals zu lecken. „Dafür sollte ich meinen Drachen rauslassen. Er wird ein paar gymnastisch geschickte Manöver verlangen, und dann kann ich lachen, wenn du dir doch die Hüfte brichst, alter Mann."

Ross lehnte sich zurück, bis er ihr in die Augen

sehen konnte. „So sehr ich das auch versuchen will, ich denke, es ist Zeit, mir deine Drachengestalt zu zeigen, Lorna. Denn es wird keine Küsse mehr geben, bis du es tust."

Sie hob die Brauen. „Ich habe Jahre ohne Küsse überlebt. Ich bin mir nicht sicher, ob das eine große Drohung ist."

Ihr Tier schnaubte. *Aber ich will mehr Küsse. Und viel mehr. Lass uns einfach wandeln und es ihm zeigen. Wir müssen nicht fliegen.*

Lorna zögerte. Sie hatte nicht mehr vor einem Mann gestanden, der nicht mit ihr verwandt war, und sich gewandelt, seit ihr Jamie gestorben war. Das zu tun wäre fast ein letzter Abschied. Lorna wusste nicht, ob sie dafür bereit war.

Ihre Drachenstimme war leise, als sie sagte: *Jamie wird immer bei uns sein. Er hätte gewollt, dass wir glücklich sind. Ross könnte uns das endlich geben. Dann wären wir nie wieder einsam.*

So sehr Lorna ihre Kinder und ihren Neffen liebte, es gab viele Nächte, in denen sie die warme Umarmung und die beruhigenden Worte eines Gefährten brauchte. Sie hatte immer gedacht, dass es nie passieren würde, aber wenn Ross sie küsste, mit ihr stritt oder sie sogar neckte, fühlte sich alles einfach … richtig an.

Ross' Stimme unterbrach ihre Gedanken. „Wir sind zu alt, um zu zögern, meine Liebe. Ich könnte in der nächsten Minute tot umfallen. Also, was soll es sein?"

„Du wirst so bald nicht tot umfallen."

„Aye? Also kannst du jetzt die Zukunft vorhersagen?"

„Du bist unverbesserlich."

Ross grinste und zwinkerte ihr dann zu. Sein Grübchen zeigte sich und schwächte ihre Entschlossenheit um einen Bruchteil. Er erwiderte: „Also, was soll es sein? Ich weiß, dass meine Küsse ziemlich spektakulär sind, also wäre ich dafür, dass du wandelst."

Sie verdrehte die Augen. „Wenn das so weitergeht, wäre ich nicht überrascht, wenn ich mir beim Augenverdrehen einen Muskel zerre, so oft, wie du mich dazu zwingst, es zu tun." Er kniff ihr in den Po, und Lorna quietschte. „Das war unangebracht."

„Wir können später darüber reden, wie es dir gefallen hat. Im Moment will ich deinen Drachen sehen, meine Liebe. Also, was wird es sein? Ich lasse dich los, und du gehst davon. Oder du wandelst und erhältst dann mehr Küsse von mir, sobald du wieder ein Mensch bist."

Ihr Mundwinkel zuckte. „Ich bin fast versucht zu sagen, dass du die Schnauze meines Drachen küssen musst, bevor du noch mehr Küsse von meiner menschlichen Gestalt bekommst. Ich bin mir ziemlich sicher, dass deine Arroganz verblassen würde, wenn ich meine langen, scharfen Zähne fletsche."

„Hör auf, es hinauszuzögern, und triff deine Entscheidung. Wenn ich noch länger warte, verliere ich vielleicht alle Haare."

Eine Antwort lag ihr auf der Zungenspitze, aber ihr Drache ergriff wieder das Wort. *Genug mit diesen Menschenspielen. Lass uns wandeln, und dann kann ich mit ihm spielen.*

Bei der Vorstellung, dass ihr Tier Ross in der Luft baumeln ließ, kicherte Lorna innerlich. *Aye, das würde ich gern sehen.*

Dann lass uns wandeln.

Ach, zum Teufel. Es ist nur Ross.

Sie drückte gegen die Brust des Menschen, und er ließ sie los. Lorna trat etwa drei Meter beiseite. „Dreh dich um!"

Ross verschränkte die Arme vor der Brust und lächelte. „Lieber nicht. Außerdem dachte ich, Drachenwandler interessieren sich nicht für Nacktheit."

Er hatte recht, der verdammte Mensch. Doch Ross' uneingeschränkte Aufmerksamkeit zu haben, während sein Blick von ihrem Kopf bis zu ihren Zehen wanderte, ließ ihr Herz doppelt so schnell schlagen.

Anstatt zuzugeben, dass sie nervös war, schöpfte Lorna ihre gewaltige Kraft und zog ihren Mantel auf. „Schön, aber wenn ich auch nur ein leises Lachen höre oder einen Schreckensausdruck sehe, werde ich dich in die Luft heben und dich in den eisigen Loch fallen lassen."

Er deutete mit der Hand. „Verstanden. Jetzt mach schon, Frau. Zeig mir deinen schönen Drachen."

Ross' Worte klangen ehrlich, nicht nach falschen

Plattitüden. Da sie auch Wärme und Erwartung in seinen Augen sah, zog Lorna ihre Schuhe aus. „Gut, dann tritt zurück."

Es war an der Zeit, Ross Anderson ihre Drachengestalt zu zeigen.

ROSS KONNTE NICHT AUFHÖREN zu lächeln. Nach all diesen Monaten wollte Lorna endlich ihren Drachen mit ihm teilen.

Natürlich dachte er nicht mehr allzu sehr darüber nach, als die Frau ihren Mantel beiseite warf und ihre Hände unten an ihren Pullover griffen.

Mit einem Funkeln im Auge hob Lorna ihn Zentimeter um Zentimeter hoch und entblößte langsam die blasse Haut ihres Bauches. Sobald sie ihre Brüste enthüllt hatte, hielt sie inne. „Bist du sicher, dass du das überleben kannst? Ich möchte nicht, dass du einen Herzinfarkt bekommst."

Er grinste. „Das wäre eine verdammt gute Art zu sterben."

Seufzend murmelte Lorna etwas, das er nicht verstehen konnte, abgesehen davon, dass er „ein perverser alter Mensch" sei.

Er erwartete halb, dass sie aufhörte und es sich anders überlegte. Oder ihm zumindest sagte, er solle sich umdrehen. Aber etwas blitzte in Lornas Augen, und sie zog ihren Pullover in einer schnellen Bewegung aus. Ihre großen Brüste waren mit einem schwarzen Spitzen-BH umhüllt. Es juckte ihm in den Fingern, sie zu berühren und ihr Gewicht in seinen Händen zu spüren. Aber da er die Drachenfrau nicht verschrecken wollte, sah er in Lornas Augen und lachte leise. „Sieh mal einer an, da trägt aber jemand schicke Wäsche."

Lorna stemmte die Hände in die Hüften und hob ihre Augenbrauen. „Es ist nichts falsch daran, Dinge zu tragen, in denen ich mich hübsch fühle."

„Liebes, du könntest nichts tragen und trotzdem die Sterne überstrahlen." Wegen der Skepsis in Lornas Augen fügte Ross hinzu: „Warum zögerst du noch? Du bist doch diejenige, die sich immer über die Kälte beschwert. Je eher du nackt bist, desto eher kannst du dich in einen Drachen verwandeln. Drachen fühlen die Kälte nicht so stark, zumindest sagen das deine Kinder."

Lorna schwieg ein paar Sekunden lang, und er fragte sich, ob er zu viel gesagt hatte. Dann ließ die Drachenfrau mit wackelnden Hüften ihre Stretch-Leggings fallen. Ross nahm jede Kurve und jedes Tal ihrer Gestalt in sich auf. „Hübsch!"

Anstatt zu antworten, beseitigte Lorna auch noch ihr Höschen. Sie hakte einen Finger unter ihren BH, und Ross leckte sich die Lippen. Er hatte viele Nächte damit verbracht, von diesen Brüsten zu träumen.

Was auch immer Lorna zu Beginn an Schüchternheit besessen hatte, war nirgendwo zu sehen, als sie langsam einen BH-Träger und dann den anderen senkte. Sie griff hinter sich und lächelte, kurz bevor ihr BH zu Boden fiel. Ross lief das Wasser im Mund zusammen. Lornas pralle Haut lief in spitzen Brustwarzen zusammen. Er konnte es kaum erwarten, eine in den Mund zu nehmen.

Sie räusperte sich. „Mein Gesicht ist hier oben, Ross."

Mit einem letzten Blick sah er in Lornas whiskeybraune Augen. Ihre Pupillen blitzten zu Schlitzen und zurück. Seine Stimme klang in seinen eigenen Ohren rau, als er antwortete: „Ich hatte Monate, um mir dein Gesicht zu merken, Lorna. Von der Neigung deiner linken Augenbraue bis zum Muttermal in der Nähe deines Kiefers. Ich brauche vielleicht ein paar Monate, um mir die weiche Haut deiner Brüste, deines Unterleibs und deinen schönen Po zu merken."

Lornas Wangen röteten sich, und Ross' Ego wurde eine Stufe größer.

In der nächsten Sekunde erstrahlte Lornas Haut in einem blassen Grün, bevor ihre Nase sich zu einer Schnauze dehnte, Flügel aus ihrem Rücken sprossen und ihre Gestalt sich auf eine Höhe von über zehn Metern erstreckte.

Ross hatte kaum Zeit, seinen offenen Mund zu schließen, bevor Lorna in ihrer grünen Drachengestalt auf der Lichtung stand. Als wollte sie ein wenig Drama hinzufügen, schlug sie ihre Flügel hoch und breitete sie aus. Die Spannweite musste mehr als sechs Meter betragen.

Als er weiter starrte, schüttelte Lorna den Kopf, und das brach den Zauber.

Ross wollte nicht, dass sie ihre Meinung änderte und sich zurückwandelte, deswegen trat er langsam an ihre Seite. Er bewegte seine Hand, bis sie einen Zentimeter von ihrer grüngeschuppten Seite entfernt war, und sah in ihr großes Drachenauge. „Ich will nur sichergehen, dass du mich nicht beißen wirst, wenn ich dich streichle."

Nachdem sie ein Grinsen hatte aufblitzen lassen, grummelte Lornas Brust mit dem, was er für ein Drachenlachen hielt.

Er hatte die Frage eher aus Neugier gestellt, aber sie schien die Spannung gebrochen zu haben. Ross strich sanft eine Hand über ihre Seite. Die grünen, geriffelten Schuppen waren glatt, aber robust wie gehärtetes Leder.

Er hielt seine Hand an Lornas Seite, während er sich an ihrem Körper entlangbewegte. Sobald er unter einem ausgestreckten Flügel stand, griff er nach oben, konnte aber nicht ganz mit der fledermausartigen Gliedmaße in Berührung kommen. Lorna senkte sie, bis er die dünnere Membran zwischen ihren Flügelknochen streifen konnte. Obwohl sie hart war, war die Haut weicher als ihre Schuppen.

Er riskierte einen Blick über die Schulter und sah, wie Lorna ihn neugierig beobachtete. Die Drachenfrau versuchte, es zu verbergen, aber die Spannung ihres Körpers sagte ihm, dass sie nervös war. Er musste dafür sorgen, dass sie sich wohler fühlte. „Versuch nicht, mich zu hetzen, Frau. Du wirst später noch meine Liebe zum Detail zu schätzen lernen. Glaub mir, ich untersuche gern jeden Zentimeter deines weiblichen Körpers. Vielleicht sogar mit meiner Zunge."

Hitze blitzte in Lornas Drachenaugen auf, und Ross widersetzte sich einem Schmunzeln. Er wollte sie nicht zu sehr drängen.

Er senkte widerwillig seinen Arm und fuhr ihren Körper bis zu ihrem Schwanz hinunter. Lorna zuckte ihn in seine Richtung, stoppte ihn aber ein paar Zentimeter, bevor er seinen Po getroffen hätte. Als er ein weiteres Drachenlachen hörte, runzelte er die Stirn und sah über seine Schulter. „Mich dort zu schlagen, wäre ein ziemlicher Verlust für dich, Mädel. Außerdem wollen wir doch nicht riskieren, dass du mir meine alte Hüfte brichst, oder?"

Er zwinkerte, und Lorna schüttelte den Kopf. Ross konnte sich genau vorstellen, was die Frau sagen wollte.

Gerade, als er über ihren Schwanz trat, legte Lorna den langen Fortsatz um seine Taille. Dann hob sie ihn in die Luft und drehte ihn, bis er kopfüber hing. Mit einem vorsichtigen Schütteln fielen Schlüssel und Geldbeutel aus seiner Tasche.

Aber er konnte sich nicht ärgern, angesichts der Belustigung, die er in Lornas Augen tanzen sah. Er wettete, dass es Jahre her war, seit sie mit jemandem in ihrer Drachengestalt gespielt hatte.

Er konnte immer noch nicht fassen, dass sie das mit ihm teilte.

Eine Sekunde später war er wieder auf seinen Beinen, und sie ließ ihn los. Ross ging zu ihrem Kopf und streichelte Lornas Schnauze. Während er den schönen grünen Drachen im späten Nachmittagslicht anstarrte, sagte Ross: „Danke, dass du deinen Drachen mit mir geteilt hast."

LORNA STAND KURZ DAVOR, in Tränen auszubrechen. Der normalerweise sture, eigensinnige Ross Anderson war freundlich und sanft. Er hatte sogar gelächelt, als sie ihn mit ihrem Schwanz gepackt und kopfüber hatte hängen lassen.

Jahrelang hatte Lorna sich gefragt, was sie fühlen würde, wenn sie jemals ihren Drachen mit einem Mann teilen würde, an dem ihr etwas lag. Würde sie sich schuldig fühlen? Schüchtern? Oder sogar wütend, weil sie ihren toten Gefährten verriet? Doch als sie Ross in die Augen sah, schien es, als wären all ihre Sorgen unbegründet gewesen.

Ihr Tier meldete sich zu Wort. *Natürlich waren sie das.*

Ich habe Zeit gebraucht, um zu heilen, Drache. Jamie war unser wahrer Gefährte; es war nicht leicht, über ihn hinwegzukommen.

Ich weiß, aber du hast nur den richtigen Mann gebraucht, um es mit ihm zu teilen.

Während sie Ross beäugte, der weiter ihre Nase tätschelte, wusste Lorna, dass ihr Tier recht hatte. Stuart vorhin zu sehen, war schön gewesen, aber bei dem bloßen Gedanken, sich in einen Drachen zu verwandeln und mit ihm in die Luft zu fliegen, verdrehte sich ihr Magen. Vielleicht war Ross das, was sie gebraucht hatte. Als Mensch war er anders als Jamie. Das machte es einfacher.

Ihr Drache schnaubte. *Was auch immer der Grund ist, jetzt ist es an der Zeit, ihn ins Bett zu locken.*

Noch nicht.

Warum nicht? Du kennst ihn gut. Er ist attraktiv und mag uns. Was gibt es sonst noch?

Die Kinder.

Ihr Drache grunzte. *Fraser wird es vielleicht nie akzeptieren.*

Egal, ich muss mit ihnen reden, bevor ich langfristige Pläne mache.

Schön. Aber ein bisschen mehr Küssen schadet nichts, oder?

Lorna war nicht anderer Meinung. Sanft schlang sie ihre Krallen um Ross' Mitte, hob ihn an und stellte ihn so weit weg, wie sie konnte. Als sie ihn losließ, hob sie eine Pranke. Ross nickte. „Aye, ich verstehe. Während du wandelst, hole ich deine Kleider."

Als der gutaussehende, reife Mann sich beeilte, ihre weggeworfene Kleidung einzusammeln, zerrte Wärme an ihrem Herzen. Ross mochte kein Drachenwandler sein, aber er würde sich immer noch um seine Frau kümmern.

Die einzige Frage war, ob Lorna das Gleichgewicht zwischen ihm und ihren Kindern finden würde. So viel ihr auch an Ross lag, ihre Kinder kamen immer an erster Stelle.

Lorna stellte sich vor, wie ihre Schnauze schrumpfte, ihre Flügel mit ihrem Rücken verschmolzen und ihre Krallen sich in Fingernägel zurückzogen, und entschied, dass sie es früher oder später herausfinden würde.

Während sie in der kalten Luft stand, wickelte Lorna die Arme um ihren Körper. Ross eilte herbei und legte den Mantel um ihre Schultern, bevor er die Hände unter dem Stoff an ihren unteren Rücken legte und sie zu sich zog. Sie versuchte, die Augen zu verengen, scheiterte jedoch. „Da hat aber jemand unternehmungslustige Hände."

Mit einem Grinsen drückte Ross sanft ihre Taille. „Bei dir hört es sich an, als wäre das was Schlechtes."

„Meine Brüste sind vorerst tabu, Anderson. Versuch es und sieh, was passiert."

Ross schmunzelte. „Wir werden uns diese Schönheiten für später aufbewahren." Er schmiegte sich an ihre Wange und antwortete: „Aber ich bin ungeduldig auf einen weiteren Kuss."

Bei seiner Hitze und seinem Duft wollte Lorna nichts anderes, als sich an ihn zu kuscheln und mit seinen langen Armen um sich herum zu schwelgen. Doch bevor sie das tun konnte, brauchte sie ein MacKenzie-Familientreffen.

Sie neigte ihren Kopf in Richtung Ross und flüsterte: „Nur einen, und dann müssen wir zurück. Sie kommen bald zum Abendessen, und du weißt, was passiert, wenn die MacKenzie-Horde nicht pünktlich zu essen bekommt."

„Aye, die Hölle bricht los."

Sie schlug ihm verspielt auf die Brust. „Das ist meine Familie, von der du da gerade sprichst."

„Das sind sie, aber ich sage es mit Liebe."

Sie schnaubte. „Klar, wenn du meinst. Vielleicht nehme ich meine Bitte um einen Kuss zurück."

„Das lasse ich auf keinen verdammten Fall zu", knurrte Ross, bevor er ihre Lippen in einem rauen Kuss nahm.

Lorna seufzte bei seiner Berührung und begrüßte seine Zunge. Der Mensch zögerte nicht, bevor er ihren Mund dominierte.

Ihr Drache meldete sich zu Wort. *Stell' dir nur vor, was er sonst noch mit dieser Zunge machen kann.*

Perverser Drache!

Das passiert nach so vielen Jahren des Zölibats. Wann können wir ihn haben? Alles an ihm?

Vielleicht heute Abend. Ich werde beim Essen mit den Kindern sprechen.

Bevor ihr Drache antworten konnte, bewegte Ross eine Hand zu ihrer linken Pobacke und drückte sie. Lorna stöhnte, als sie Ross näher zog.

Jetzt, da sie ihre Angst und ihr Schuldgefühl überwunden hatte, war Lorna fast so ungeduldig wie ihr Drache, ihren Menschen nackt und auf sich zu bekommen.

Kapitel Vier

Sobald Lorna wieder angezogen war, fädelte Ross seine Finger durch ihre. Er wartete ab, ob sie sich zurückziehen oder ihm erlauben würde, einen solchen Anspruch vor dem Clan geltend zu machen.

Sie sah auf ihre ineinanderliegenden Hände hinab und begegnete dann seinem Blick. Sie hob die Augenbrauen und fragte: „Du solltest dir dieser Sache sehr sicher sein, Ross. Nicht jeder wird dich mit offenen Armen empfangen. Sie mögen dich während deiner Genesung und wegen Holly toleriert haben, aber eine ihrer Frauen wegzustehlen ist was ganz anders."

„Sprichst du von dem Typen von heute Morgen?"

Lorna blinzelte. „Das hast du gesehen?"

„Aye, das habe ich. Wer ist das?"

„Nun, sein Name ist Stuart MacKay, und es gab mal eine Zeit, da wollte ich ihn paaren."

Ross runzelte die Stirn. „Vor oder nach Jamie?"

„Vorher. Ich war etwa ein Jahr mit Stu zusammen, bevor ich Jamie überhaupt bemerkte. Stu und ich hatten einen Streit, und kurz darauf stahl sich Jamie bei einer Versammlung einen Kuss von mir. Ich habe damals nicht darüber nachgedacht und eher erwartet, jemand anderen zu küssen würde mich überzeugen, Stu eine weitere Chance zu geben. Mit dem Kuss begann jedoch der Gefährtenrausch."

Er drückte Lornas Finger und fragte: „Also warst du zuerst nicht in Jamie MacKenzie verliebt?"

Sie schüttelte den Kopf. „Nein. Ich stand ein bisschen auf ihn, aber die Liebe kam später. Stu hat es nicht gut aufgenommen, ließ mich aber in Ruhe, weil ich Jamies Kind trug. Oder besser gesagt, wie wir später erfuhren, die Zwillinge." Sie lächelte ihn an. „Schließlich fand Stu seine eigene Gefährtin in einer Menschenfrau. Der alte Anführer hat ihn wegen seiner menschlichen Gefährtin aus dem Clan geworfen. Er und sein Bruder Euan halfen, den Clan Seahaven zu gründen."

„Deshalb habe ich ihn noch nie gesehen."

„Aye. Er hat mich heute Morgen überrascht, aber anscheinend fungiert er als Seahavens Vertreter und verhandelt gerade mit Fergus."

„Er sollte besser nicht zu einem Teil der Verhandlungen gemacht haben, dich zu umwerben", knurrte Ross.

„Sei nicht albern. Stu und so ziemlich jeder schottische Drachenwandler wissen, dass das mit mir nicht funktionieren würde. Das solltest du auch wissen, Anderson. Wenn nicht, dann sollte ich vielleicht noch einmal darüber nachdenken, dich zu küssen."

Ross zog sie zu sich und legte seinen freien Arm um Lornas Taille. „Ich glaube nicht, dass du das lange durchhalten würdest, Mädel. Du hast sie vorhin genossen. Du hättest schon bald Entzugserscheinungen."

Lorna verdrehte die Augen. „Ich habe halb erwartet, dass du sie als die größten Geschenke meines Lebens bezeichnen würdest."

Er grinste. „Ich habe tatsächlich darüber nachgedacht." Er zwinkerte, und Lorna kicherte. „Aber die größere Frage ist, ob es für dich in Ordnung ist, wenn ich dich dem Clan gegenüber beanspruche, indem ich deine Hand halte, vor allem, bevor du mit deinen Kindern sprichst. Vor allem Fraser könnte nicht glücklich darüber sein."

Sie seufzte. „Er ist überfürsorglich, wie sein verstorbener Vater. Aber überlass Fraser mir. Ich hatte gehofft, wir könnten heute Abend beim Essen mit allen Kindern sprechen. Für den unwahrscheinlichen Fall, dass wir sie auf dem Heimweg sehen, kümmere ich mich darum. Händchenhalten ist nicht gerade ein Gefährtenschwur."

„Nun, achte beim Abendessen einfach darauf, die zerbrechlichen Gegenstände zu verstecken."

Lorna schlug auf seine Brust und runzelte die

Stirn. „Es wird kein Werfen geben. Ich werde das zu Beginn unserer Diskussion sehr deutlich machen."

„Richtig, denn die MacKenzies sitzen immer brav und ordentlich am Esstisch."

„Wenn was passiert, dann solltest du deinen Mann stehen. Andernfalls wirst du es nicht überleben, ein Teil der Familie zu sein."

Ross' Herz setzte einen Schlag aus. „Also, willst du, dass ich Teil deiner Familie bin, Lorna?"

Sie sah ihm in die Augen und sagte schließlich: „Vielleicht, Ross. Aber du wirst dir deinen Platz verdienen müssen. Nicht nur bei mir oder meinem Drachen, sondern auch bei meinen Kindern."

Er streichelte sanft ihre Wange und antwortete: „Oh, das werde ich. Ich glaube, ich bin jetzt schon fast da."

Lorna runzelte die Stirn, lächelte dann aber. „Ich würde es leugnen, aber ich bin zu alt, um zu lügen. Ich habe mich daran gewöhnt, dich um mich zu haben, Mensch, also hoffe ich, dass du mehr Herzen gewinnen kannst als meins."

Er versuchte, nicht zu viel Hoffnung darein zu setzen, dass Lorna das Gewinnen von Herzen erwähnte. Er verliebte sich bereits in sie. Aber Ross würde nichts überstürzen.

Am besten lenkte er sowohl sich selbst als auch Lorna mit einer Berührung ab. „Oh, ich bin ziemlich charmant, besonders wenn ich entschlossen bin." Er küsste ihren Kiefer. „Und glaub mir, Lorna, ich bin entschlossen, dich ganz zu haben." Er knabberte an ihrer Unterlippe. „Es sollte ein Kinderspiel sein."

Lorna schnaubte, aber er kam ihrer Antwort mit einem Kuss zuvor. Als die schöne Drachenfrau in seinen Armen gegen ihn schmolz, hoffte Ross nur, dass sich sein Selbstbewusstsein als berechtigt erweisen würde. Jetzt, da er sie geküsst hatte, wollte er eine Zukunft mit Lorna MacKenzie, egal, was dazu nötig war.

LORNA SCHAFFTE ES IRGENDWIE, ihren Mann zu stehen und die Clanmitglieder nicht anzuschnauzen, die gafften, während sie und Ross Hand in Hand gingen. Es half, dass Ross alle paar Sekunden beruhigend ihre Finger drückte.

Sie mochte seine warmen, starken Hände.

Ihr Drache meldete sich zu Wort. *Warte einfach, bis sie andere Teile unseres Körpers berühren. Ich denke, Ross' böser Sinn für Humor wird sich im Bett in eine andere Art von Böse verwandeln.*

Pst. Du tust so, als wären wir zwanzig und mitten in der frühen Drachenlust.

Ihr Tier schnaubte. *Nun, nahe dran. Ich muss mehr als zwanzig Jahre nachholen.*

Lorna überlegte, wie sie darauf reagieren sollte, als die kurvige, grauhaarige Gestalt von Meg Boyd in ihren Weg trat.

Meg und Lorna waren im gleichen Alter und ihr ganzes Leben lang Freundinnen – Schrägstrich –

Rivalinnen gewesen. Jede drängte die andere, ein bisschen besser zu sein, aber manchmal konnte Lorna eine Pause vertragen.

Die Gegenwart war einer dieser Momente. Sie konnte es jetzt nicht gebrauchen, dass Meg Ross belästigte oder versuchte, ihn für sich zu gewinnen. Wenn Meg es doch tat, dann müsste Lorna der Frau gehörig den Marsch blasen. Jetzt, da Lorna Ross' Küssen nachgegeben hatte, wollte sie ihn behalten.

Die Tatsache, dass sie besitzergreifend waren, ließ bei Drachenwandlern auch im Alter nicht nach.

Lornas Drache schnaubte. *Es ist nicht unsere Schuld, dass Ross uns vorgezogen hat. Wenn du Meg Stu vorstellst, wird sie ihre Aufmerksamkeiten vielleicht auf jemand anderen konzentrieren. Dann gewinnen wir alle.*

Das ist ja mal eine gute Idee! Cleveres Tier!

Ich habe von Zeit zu Zeit auch meinen Nutzen.

Um nicht zu lachen, räusperte sich Lorna. Sie sah Meg in die Augen und fragte: „Können wir dir bei irgendwas helfen, Meg?"

Meg sah von Lorna zu Ross und wieder zurück, ihr Blick verweilte eine zusätzliche Sekunde auf ihren ineinanderliegenden Händen. „Aye, du könntest damit anfangen, mir zu sagen, wie lange das schon geht."

„Wenn du so gut im Tratschen bist, wie du vorgibst zu sein, dann solltest du die Antwort darauf kennen", erwiderte Lorna. Verdammt, stachelte sie die Frau auch noch an?

Meg schüttelte den Kopf. „Kein Grund, unhöflich zu sein, Lorna. Ich hab' vielleicht am

Anfang auf Ross gestanden, aber der alte Archie hat mich in den letzten Wochen umworben. Wenn du jemals zu Besuch kommen würdest, wüsstest du das inzwischen."

Lorna blinzelte. Archie MacAllister war berüchtigt für seine langjährige Fehde mit seinem Nachbarn Cal, die oft einen oder beide auf die Krankenstation brachte. „Ich hoffe wirklich, du gehst nicht zu ihm. Da ist es nicht gerade sicher, aye?"

Meg wedelte mit einer Hand. „Cal würde mir nie wehtun. Ich habe auch bei ihm meinen Charme sprühen lassen."

„Warte mal. Es gibt zwei Männer, die hinter dir her sind?", fragte Lorna.

Meg runzelte die Stirn. „Du musst nicht so überrascht klingen! Frauen sind schließlich seltener, und das umso mehr in unserem Alter. Sobald ich einem Mann eine Chance gegeben hatte, konnte ich dem anderen nicht widerstehen."

„Das wird nicht gut enden, Meg", betonte Lorna. „Drachenwandler teilen nicht. Vor allem nicht diese beiden. Ich habe nicht mehr mitzählen können, wie viele Schafe sie einander gestohlen haben, geschweige denn, wie viele Felsbrocken sie auf das Grundstück des anderen geworfen haben. Ich bin überrascht, dass ihre Cottages noch stehen."

Meg schnaubte. „Alles wird gut. Ich weiß, was ich tue." Sie beugte sich vor. „Komm bald vorbei, und wir können Erfahrungen austauschen."

Aus dem Augenwinkel sah Lorna, wie Ross der

Mund offen stehen blieb. Sie fragte: „Was ist los, Ross? Hast du Angst, die Drachenmänner könnten dich übertreffen?"

„Natürlich nicht", bellte er. „Aber ich möchte mein Privatleben lieber nicht der ganzen Welt zeigen."

Lorna grinste. „Dafür ist es ein bisschen zu spät."

Bevor Ross antworten konnte, fragte Faye – Lornas einzige Tochter – von hinten: „Mum? Wann bist du offiziell mit Ross zusammengekommen?"

Alle wandten sich der großen Drachenfrau mit den wilden, lockigen Haaren und den gleichen Whiskey-Augen wie Lorna zu.

Ross sprach, bevor Lorna es konnte. „Ich bin überrascht, dass du fragst, Faye, meine Liebe. Du bist doch diejenige, die uns immer damit aufzieht, dass wir zusammenkommen werden."

Fayes Blick ging zu Lorna. „Weiß Fraser Bescheid?"

„Noch nicht", antwortete Lorna. „Obwohl ich es beim Abendessen ansprechen werde."

Fayes Augen leuchteten vor Aufregung. „Kann ich diejenige sein, die es ihm sagt? Bitte, Mum!"

„Ich bin mir nicht sicher, dass das die beste Idee ist, Süße. Bei Fraser braucht man ein Fingerspitzengefühl, das du nicht besitzt", erklärte Lorna.

„Unsinn. Es ist die Pflicht jeder jüngeren Schwester, ihren älteren Bruder zu ärgern. Ich bin mir nicht sicher, ob ich das hier irgendwann bald toppen kann. Ich glaube nicht, dass Holly ihre Kleine nach mir Faye nennen wird, also brauche ich das wirklich", antwortete sie.

Ross schmunzelte an ihrer Seite. „Vielleicht ist es das Beste, Lorna. Auf diese Weise kann Fraser seine Frustration an Faye auslassen. Sobald sie ihn mit ein oder zwei Herausforderungen zermürbt hat, kann ich mit dem Jungen reden."

Lorna hob eine Braue. „Mit reden meinst du diskutieren."

Er zuckte die Schultern. „Vielleicht, vielleicht auch nicht. Da Fergus und Holly da sind, könnten sie ihm ein bisschen Vernunft einreden. Sie haben beide so ihre Art, den Jungen zu beruhigen."

Faye legte eine Hand auf Lornas Unterarm. „Mum, lass mich die Neuigkeiten erzählen, und ich putze das Bad für einen Monat."

„Du solltest es sowieso putzen", sagte Lorna.

„Details, Details. Also, wie lautet das Urteil?" Faye beugte sich vor.

Lorna begegnete Ross' Blick, und er zuckte mit den Schultern. „Ich sage Ja."

Lorna seufzte. „Du verwöhnst die Jüngste ja jetzt schon."

Er zwinkerte. „Aye, aber natürlich. Was soll ein Stiefvater schon anderes tun als verwöhnen? Ich werde Faye auf meiner Seite brauchen."

Faye hüpfte fast auf der Stelle. „Ich glaube, es wird mir gefallen, Ross dazuhaben."

Lorna schüttelte den Kopf und antwortete schließlich: „Na schön. Aber beim ersten Anzeichen einer Herausforderung oder eines Kampfes geht ihr nach draußen. Verstanden?"

„Ja, Mum." Faye küsste ihre Wange und klopfte dann Ross auf die Schulter. „Heute Abend wird verdammt brillant."

Bevor Lorna oder Ross noch ein Wort dazwischen bekommen konnten, eilte Faye davon, um weiß-Gott-was zu tun.

Ross ließ Lornas Hand los und legte einen Arm um ihre Taille. „Du kochst heute Abend besser ein fabelhaftes Essen, Liebes. Nur Essen kann alle so weit ablenken, dass sie sich nicht gegenseitig umbringen."

Lorna schüttelte den Kopf. „Und wer ist schuld daran? Ich weiß nicht, wie du mich dazu überreden konntest, Fayes Bitte nachzugeben."

„Komm schon, Lorna. Du kannst dir später noch Sorgen um die Kleinen machen. Wir haben ein Dinner vorzubereiten." Er beugte sich an ihr Ohr und flüsterte: „Und ich will unterwegs noch ein paar Küsse."

Meg, die immer noch in der Nähe stand, kicherte. „Ich wusste immer, dass Ross unersättlich sein würde." Sie richtete sich weiter auf. „Nicht, dass er mit meinem Archie und Cal mithalten kann."

„Natürlich nicht", sagte Lorna, um ihrer Freundin einen Gefallen zu tun.

Meg scheuchte sie davon. „Macht euch bereit für euer Abendessen. Ich komme morgen vorbei, um zu hören, was passiert ist."

Bevor Lorna protestieren konnte, war Meg auf halbem Weg über die Lichtung. Ross' Flüstern erfüllte ihre Ohren. „Der halbe Clan wird von uns hören, bevor die Nacht einbricht. Ich denke, ein Riesenstapel deiner berühmten Scones wird helfen, die Kinder zu beruhigen."

Mit einem Seufzen lehnte Lorna sich gegen Ross. „Ich neige dazu, ihnen Schlafmittel zu geben und das auf morgen zu verschieben."

„Sei kein Angsthase, Lorna. Ich habe dich noch nie feige erlebt, also fang jetzt nicht damit an."

Ihr Drache meldete sich zu Wort. *Er hat recht.*

Das hat aber nicht lange gedauert, bis du dich auf Ross' Seite gestellt hast.

Es ist lange her, dass ich mich mit jemandem gegen dich stellen konnte. Mit unseren Kindern hätte ich nie Erfolg gegen dich. Ross andererseits, glaube ich, kann hin und wieder gewinnen.

Nach Jahrzehnten, in denen sie Dinge auf ihre Art gemacht hatte, erwartete Lorna, wütend oder irritiert über ihr Tier zu sein. Doch stattdessen wollte sie erleichtert aufatmen, weil sie nicht mehr rund um die Uhr für ihre gesamte Brut verantwortlich sein musste. Allein die Vorstellung, wie Ross über ihr Essen wachte, während sie kochte, und Faye und Fraser wegscheuchte, brachte sie zum Lächeln.

Lorna würde ihre Macht oder Stärke nie wirklich aufgeben, aber sie würde die Kleinigkeiten gern jemand anderem überlassen. Vielleicht würden ihre verbliebenen blonden

Haare dann noch ein bisschen länger blond bleiben.

Schließlich antwortete sie: „Ich werde es natürlich nicht aufschieben. Aber wir sollten uns lieber beeilen, sonst habe ich keine Zeit zu kochen, geschweige denn dich zu küssen."

„Du denkst also an meine Küsse, aye?"

„Es ist eher so, dass du an meine denkst."

Ross schmunzelte. „Das tue ich, Liebes. Das tue ich."

Lächelnd deutete Lorna mit dem Kopf. „Jetzt, wo du eine deiner Schwächen eingestanden hast, können wir gehen."

Ross erwiderte: „Wenn ich also immer wieder erwähne, wie sehr ich an deine Küsse denke, gibst du mir, was ich will?"

„Das habe ich nicht gesagt." Ross tat so, als wäre er verletzt, und Lorna schnaubte. „Ich dachte, du wärst zu alt für Spiele."

„Na, komm schon, wir brauchen ein paar Spiele, sonst wird das Leben langweilig. Und glaub mir, Lorna, ich habe viele, viele Spiele, die ich mit dir spielen möchte."

Ross' Worte waren doppeldeutig. In Kombination mit der Hitze in seinen Augen widerstand Lorna kaum einem Schauer.

Ihr Drache meldete sich zu Wort. *Er weiß nicht, dass ich auch Spiele für ihn habe.*

Ach, herrje! Mit ihrem Drachen und ihrem verrückten Menschen würde Lorna eine interessante Nacht bevorstehen.

Und sie freute sich wirklich darauf.

Kapitel Fünf

Ross sah zu, wie Lorna sich vorbeugte, um nach dem Braten im Ofen zu sehen. Er hatte Lorna schon immer heimlich beim Kochen zugesehen, aber jetzt bewunderte er einfach ihren Po.

Lornas Stimme dröhnte. „Ich spüre deinen Blick auf meinem Po, Ross. Hast du das Gemüse für den Salat geschnitten?"

Ross nahm das Messer von der Theke und konzentrierte sich auf die Gurke auf dem Schneidebrett. „Ich wollte gerade nach der nächsten greifen."

„Lügner", sagte sie, als sie die Ofentür schloss und sich ihm zuwandte. Aber statt Zorn tanzte Belustigung in Lornas Augen.

Ross grinste. „Ich glaube, du magst meinen Blick auf deinem Po."

„Wenn du willst, dass ich das beantworte, dann fängst du besser an zu schneiden."

„Also ist es so, Mädel."

„Ich bin viel zu alt, um ein Mädel zu sein."

„Sagt wer?"

Fayes Stimme drang durch den Raum. „Sage ich. Bitte hör auf, mit meiner Mutter zu flirten, bis später. Es ist schlimm genug, dass ich euch vor einer halben Stunde beim Knutschen erwischt habe."

Ross hob die Brauen. „Das bekommst du dafür, dass du nicht klopfst, meine Liebe. Das nächste Mal kommst du auf eigene Gefahr rein."

„Ross!", schimpfte Lorna zur gleichen Zeit, als Faye antwortete: „Ich sollte mir wirklich was Eigenes suchen. Das kann ich niemals ungesehen machen."

Faye ging geradewegs auf die gehackten Tomaten zu, aber Ross zog den Teller weg. „Wenn wir anfangen, dir Essen pro Pfund zu berechnen, dann könntest du vielleicht noch früher überlegen, was Eigenes zu suchen."

Faye griff nach einem Scone und runzelte die Stirn. „Mum würde das nicht tun."

Lorna riss den Teller weg, bevor Faye ihn berühren konnte. „Vielleicht doch. Mit dem Geld, das ich gespart hätte, könnte ich wahrscheinlich um die Welt reisen." Lorna stemmte eine Hand in die Hüfte. „Aber das können wir später diskutieren. Sind deine Brüder bald hier?"

Faye zuckte mit den Schultern. „Wahrscheinlich. Sie melden mir nicht jeden ihrer Schritte."

Lorna seufzte, aber Ross sprach zuerst. „Aye,

nun, das bedeutet nur, dass du den Tisch selbst decken kannst."

„Ich? Aber ich bin Mist, wenn ich Servietten falten soll."

„Solange sie sauber und einigermaßen nahe an einem Teller sind, wird das in Ordnung sein", erklärte Ross.

Faye starrte ihn an, ging aber schließlich auf einen der Schränke zu. „Ich weiß, dass du nur mit meiner Mum allein sein willst. Ich würde ja protestieren, aber das erhöht die Chance, dass Fraser euch erwischt. Und darauf freue ich mich."

Lorna meldete sich. „Faye Cleopatra MacKenzie, deck den Tisch und lass uns in Ruhe, oder ich werde dir das Essen wirklich pfundweise berechnen."

Während Faye etwas murmelte, das Ross nicht verstehen konnte, nahm sie einen Stapel Teller und ging ins Esszimmer.

Ross legte sein Messer nieder und trat an Lornas Seite. Nachdem er ihre Wange geküsst hatte, sagte er: „Du wirst sie mehr vermissen, wenn sie weg ist."

„Ich weiß. Normalerweise kann ich mit Faye umgehen, aber ich bin einfach nervös wegen heute Abend."

„Mach dir keine Sorgen, Lorna. Fraser mag überfürsorglich sein, aber sobald er sieht, dass ich mich um dich kümmere, wird er sich öffnen."

Lorna neigte den Kopf. „Aye, nun, Fergus ist gerade angekommen. Du kannst also erst mit ihm ein bisschen üben. Aber lass dich nicht von seiner ruhigeren Art täuschen. Er kann so heftig sein wie seine Geschwister."

„Selbst wenn es bedeutet, deine Jungs zu einem Wrestling-Match herauszufordern, um meinen Wert zu beweisen, werde ich es tun." Er streichelte ihre Wange. „Du bist es wert, Lorna MacKenzie."

Lornas Ausdruck wurde weicher. Er wollte sagen, es sei Zuneigung, aber Ross wollte nicht zu früh auf etwas hoffen. Obwohl sie viele Monate zusammen verbracht hatten, war es eine ganz andere Sache, Lornas Herz zu gewinnen, egal, wie sehr die Drachenfrau schon seins gewonnen hatte.

Er brummte: „Dann mal sehen, wie er reagiert."

Gerade, als sich die Küchentür öffnete, küsste Ross Lorna.

Wäre Lorna vollkommen rational gewesen, hätte sie Ross weggestoßen und Fergus begrüßt. Aber als ihr Mensch seine Zunge zwischen ihre Lippen schob und sanft ihren unteren Rücken streichelte, konnte sie kaum zwei Gedanken aneinanderreihen.

Mit Ross, der sich Faye gegenüber wie ein Elternteil verhielt und Lorna dann küsste, als wäre sie die schönste Frau der Welt, fing sie an, sich Hoffnungen für die Zukunft zu machen.

Es war Ginas Stimme – Fergus' amerikanische menschliche Gefährtin –, die Lorna schließlich dazu veranlasste, sich von Ross zu lösen. „Siehst du,

Fergus. Ich wusste, dass sie zusammenkommen würden."

Bevor Fergus antworten konnte, klatschte Ginas jüngere Schwester Kaylee in die Hände und sagte: „Ich habe gerade meine Wette mit Fraser gewonnen! Jetzt wird er mich in seiner Drachengestalt mit in die Luft nehmen müssen."

Gina rutschte den schlafenden Kleinen in ihren Armen zurecht und sah Kaylee an. „Das sollte besser in einem Korb sein."

Kaylee zuckte mit den Schultern. „Vielleicht, vielleicht auch nicht. Das habe ich nicht genau gesagt."

Während die amerikanischen Frauen stritten, musterte Lorna Fergus' Ausdruck, konnte aber keine Emotionen in seinen Augen erkennen. Also fragte sie ihren ältesten Sohn: „Was denkst du, Fergus?"

Gina und Kaylee verstummten, um Fergus anzustarren. Er antwortete schließlich: „Solange er dich glücklich macht, ist das gut genug für mich." Fergus' Pupillen blitzten zu Schlitzen und zurück, als er seinen Blick auf Ross richtete. „Aber tu meiner Mum weh, und es ist mir egal, ob du Hollys Vater bist, ich werde dich persönlich so oft wie nötig nach Aberdeen tragen, um dich von ihr fernzuhalten."

Ross nickte. „Aye, ich hatte nicht weniger erwartet."

Fergus nickte ebenfalls. „Gut. Aber bei Fraser bist du auf dich allein gestellt."

Gina zog die Decke um Jamie herum zurecht. „Fraser wird sich schon beruhigen. Wenn man bedenkt, was letztes Jahr mit dir und Holly passiert ist, sollte er verstehen, dass Liebe an ungewöhnlichen Orten auftaucht."

Holly war ursprünglich ein Opfer und Fergus zugeteilt worden. Es hatte sich jedoch herausgestellt, dass sie Frasers wahre Gefährtin war, und es war ziemlich anstrengend gewesen, das daraus resultierende Chaos mit dem Ministerium für Drachenangelegenheiten zu beseitigen.

Lorna ignorierte das Wort „Liebe", wies es aber nicht zurück. Ihre Gefühle waren zu durcheinander, um dem viel Sinn zu entnehmen.

Ihr Drache schnaubte. *Ich weiß, was sie sind.*

Lorna ignorierte ihr Tier und ging zu ihrem Enkel. Sie streichelte Jamies Wange und sagte: „Wenn der kleine Jamie schläft, wird Fraser wenigstens seine Stimme leise halten."

Fergus sagte gedehnt: „Schön zu sehen, dass du meinen Sohn als Puffer benutzen wirst."

Lorna runzelte die Stirn, hielt aber ihren Ton für den Kleinen freundlich. „Jamie macht es nichts aus. Schließlich ist er Grandmas kleiner Junge."

Gina bot ihr Jamie an, aber Lorna schüttelte den Kopf. „Bis ich dir beibringen kann, einen richtigen Braten zu kochen, sitze ich in der Küche fest."

Kaylee meldete sich zu Wort. „Ich bin die bessere Köchin von uns beiden. Kann ich zusehen? Vielleicht kann ich das nächste Mal sogar alles allein machen und endlich mehr tun als im Hauptrestaurant des Clans zu bedienen."

„Das wird mehr als eine Lektion brauchen, Süße", antwortete Lorna. „Aber ich bin niemand, der ein Hilfeangebot ablehnt." Sie sah zu Ross. „Dann kann Ross vielleicht mehr als zwei Tomaten hacken."

Er seufzte dramatisch. „Und damit hast du meine Errungenschaften des Tages herabgewürdigt."

Faye kam wieder in die Küche. Ich schätze, du hattest heute noch ein paar mehr." Sie grinste Lorna an und sah wieder zu Ross zurück. „Zumindest würde meine Mutter dem zustimmen."

„Faye!", rügte Lorna sie.

Faye hob ihre Handflächen und zuckte mit den Schultern. „Wenn du erwartet hast, dass wir dich nicht necken, dann kennst du uns überhaupt nicht."

„Frechdachs", erwiderte Lorna lächelnd. „Deck' den Tisch zu Ende! Fergus wollte dir gerade helfen." Fergus grunzte, aber Lorna sprach weiter, bevor er etwas sagen konnte. „Und Gina kann zusehen, damit ihr beide ohne Bummeln fertig werdet."

Fergus sah zu Gina, und die junge Frau grinste. „Das bekomme ich hin. Ich weiß, dass Fergus gern herumkommandiert wird."

Fergus lehnte sich an Ginas Ohr und sagte leise: „Dafür wirst du später bezahlen."

Die Amerikanerin lachte, und Lorna sah zu Ross. Während sie ihr eigenes Lächeln teilten, hoffte

Lorna, dass sie eines Tages das haben würde, was ihre Söhne mit ihren Gefährtinnen hatten.

Nach all dieser Zeit begann Lorna zu glauben, dass sie Platz für zwei Männer in ihrem Herzen hätte.

Ihr Drache summte, was Lorna ruckartig in die Gegenwart zurückbrachte. Sie schickte ihre Kinder, um den Tisch zu decken, und führte Kaylee in die Küche. Als sie ihr Rezept und ihre Anweisungen für ihren berühmten Braten durchging, widerstand Lorna dem Drang, Ross anzusehen, da sie sonst nie in der Lage gewesen wäre, sich zu konzentrieren.

Ja, Lorna Stewart MacKenzie benahm sich wie ein verliebtes Mädel von zwanzig Jahren. Aber ausnahmsweise war es ihr egal.

Als Ross nach einer weiteren Gurke griff, brauchte es alles, was er hatte, um Lorna nicht wieder anzustarren.

Sie mochte es gut verbergen, aber sie freute sich über Fergus' und Fayes Zustimmung. Damit musste er nur noch Fraser für sich gewinnen, bevor Lorna aufhören würde, ihn zu necken, und ihm erlaubte, sie ganz zu beanspruchen.

Fraser würde jedoch knifflig sein, vor allem, da Holly schwanger war und keiner von ihnen sie aufregen wollte. Seine Tochter hatte letztes Jahr bei einer Fehlgeburt ein Kleines verloren, und er wollte nichts tun, um ihr Stress zu bereiten.

Doch bei Fraser eine Schwäche zu zeigen, würde mit Sicherheit nicht gut enden. Der Drachenmann setzte sich gern durch, und Ross wollte nicht nachgeben.

Faye stürzte in die Küche und unterbrach seine Gedanken. Vorfreude tanzte in ihren Augen, als sie herausplatzte: „Fraser ist hier."

Ross hatte vor langer Zeit aufgehört zu fragen, wie die Drachenwandler wussten, dass jemand gekommen war; er würde sich nur einen weiteren Vortrag über ihr verdammt brillantes Gehör anhören müssen.

Er würde lügen, wenn er nicht zugab, ein bisschen neidisch zu sein. Aber es gab keinen Zaubertrank, der einen Menschen zu einem Drachenwandler machte, also hatte Ross gelernt, seine Mängel im Vergleich zu den Drachen von Lochguard zu akzeptieren. Außerdem hatten die Menschen ihren Reiz. Ohne Zweifel würde Lornas Drache Ross' ganze Aufmerksamkeit lieben, da er keinen eigenen Drachen hatte, um den er sich Sorgen machen musste.

Ross wischte sich die Hände an einem Geschirrtuch ab und drehte sich zum anderen Kücheneingang, als Holly mit Fraser direkt hinter sich hereinkam.

Ross öffnete seine Arme, und Holly umarmte ihn. Er fragte: „Wie geht's meinem hübschen Mädel heute?"

„Gut, Dad. Ich habe den Großteil des Tages Dr.

Innes und Layla beim Streichen der Krankenstation geholfen."

Die Krankenstation war eines der Gebäude, das bei dem Angriff ein paar Monate zuvor fast zerstört worden war. „Gut. Da Innes da ist, wird er schon dafür sorgen, dass du nichts hebst, was du nicht heben solltest."

Holly seufzte, als Fraser nickte. Die Augen des Drachenmanns waren voller Zustimmung. „Genau. Innes behält sie gut im Auge."

Holly sah stirnrunzelnd zu Fraser auf. „Ich bin Hebamme, Fraser. Ich kenne die Grenzen einer schwangeren Frau."

„Nicht, wenn es um dich selbst geht, Liebes", antwortete Fraser. „Ich werde dich nicht bitten, deinen Job aufzugeben, ich möchte nur, dass du vorsichtig bist. Eine Zwillingsschwangerschaft ist doppelt so schwer."

Ross blinzelte. „Zwillinge? Seit wann wisst ihr das denn?"

Holly grinste ihren Dad an. „Heute bei meinem ersten Ultraschall."

Ross schlang Holly in die Arme. „Herzlichen Glückwunsch, Holly-Beere! Das gibt mir doppelt so viele Enkel, die ich verwöhnen kann."

„Dad!", schimpfte Holly halbherzig, während sie ihn an sich drückte.

Lornas Stimme erklang neben ihm. „Hör auf, Holly zu umarmen. Lass mich auch mal, Ross."

„Tut mir leid, Liebes", antwortete Ross, als er

die Arme von seiner Tochter nahm und Lorna den Vortritt ließ.

„Liebes?", wiederholte Fraser.

Verdammt! Er hatte noch nie ‚Liebes' zu Lorna gesagt. Wieder mal typisch für ihn, den glücklichen Moment seiner Tochter zu ruinieren. „Aye, Liebes. Mir liegt etwas an deiner Mutter."

Fraser kniff die Augen zusammen und machte einen Schritt auf Ross zu. „Ich dachte, ich hätte dir gesagt, du sollst dich von meiner Mum fernhalten."

Lorna meldete sich zu Wort: „Fraser MacKenzie!"

Ross hob eine Hand. „Ich werde mich um ihn kümmern."

Lorna seufzte. „Männer! Ich gebe auf. Komm, Holly, lass uns Gina die Neuigkeiten erzählen."

Ross war sich vage bewusst, dass Lorna und die anderen gingen, aber er weigerte sich, seinen Blick von Fraser zu wenden. Wenn er sich jetzt nicht um Lornas überfürsorglichen Sohn kümmerte, würde das allen mehr Stress bereiten, einschließlich Holly.

Sobald sie allein waren, sprach Fraser: „Ich bin mir nicht sicher, ob du meiner Mutter würdig genug bist."

Ross hob eine Augenbraue und fragte: „Und warum nicht?"

„Weil du nicht mein Dad bist."

„Hör zu, Junge. Ich versuche nicht, deinen Vater zu ersetzen. Aber es ist fast dreißig Jahre her, und deine Mum ist einsam. Kannst du ihr Glück in ihren späteren Jahren verweigern?"

„Sie ist glücklich, Mensch. Du nutzt einfach gern die freie Kost und Logis."

Mit einem Knurren schloss Ross die Distanz zwischen ihnen. „Deine Mum verdient mehr Respekt als das, Fraser. Sie ist eine der unabhängigsten Frauen, die ich kenne, und auf keinen verdammten Fall würde sie jemanden tolerieren, der sie ausnutzt. Sagst du was anderes?"

„Natürlich nicht", antwortete Fraser.

„Was dann?" Als Fraser weiter schwieg, erinnerte sich Ross an etwas, das Gina vorhin gesagt hatte. „Gerade du solltest wissen, dass man Liebe und Anziehung nicht planen kann."

„Das ist nicht dasselbe. Ich bezweifle, dass du der wahre Gefährte meiner Mum bist."

„Aye, du hast recht. Bin ich nicht. Aber das hält mich nicht davon ab zu denken, dass sie die schönste Frau in Lochguard ist. Zum Teufel, vielleicht sogar in Schottland."

Fraser musterte ihn ein paar Sekunden, bevor er antwortete: „Und woher weiß ich, dass du nicht einfach nur schicke Worte ausspuckst? Meine Mum wurde schon mal verletzt, als mein Dad starb, und es hat sie am Boden zerstört. Ich war vielleicht noch jung, aber ich erinnere mich gut genug. Sie soll sowas nie wieder durchmachen."

„Ich möchte deiner Mutter nicht wehtun. Ich hatte Monate und Monate, um sie kennenzulernen. Wir passen zusammen. Nicht nur das, sie ist eine tolle Küsserin."

Fraser runzelte die Stirn. „Ich will nicht daran denken, dass du meine Mutter küsst."

„Du kannst so finster blicken, wie du willst, Junge. Eines Tages wirst du in meinem Alter sein und es verstehen. Es sei denn, du hörst plötzlich auf, meine Tochter küssen zu wollen, wenn sie sechzig wird."

„Natürlich nicht. Holly ist meine wahre Gefährtin, und ich liebe sie. Ich werde sie immer wollen."

„Aye, nun, nur weil ich nicht der wahre Gefährte deiner Mutter bin, heißt das nicht, dass ich sie nicht mit jedem Teil meines Seins will. Ich bitte dich nur, deiner Mutter zu erlauben, ihre eigenen Schlachten zu führen. Wenn sie es satthat, wissen wir beide, dass sie mich rausschmeißen wird. Wenn sie das Gegenteil empfindet, dann solltest du wollen, dass deine Mutter glücklich ist und sich geliebt fühlt."

Als Fraser nicht sofort antwortete, wartete Ross nur. Das war das erste echte Gespräch, das er mit seinem Schwiegersohn hatte, seit er ihn kennengelernt hatte. Wahrheit und Aufrichtigkeit schienen besser bei dem Jungen zu funktionieren, als Ross gehofft hatte.

Fraser meldete sich schließlich wieder zu Wort. „Ich gebe dir eine Chance, aber glaub' ja nicht, dass ich dich nicht beobachte."

Ross hob eine Hand, und Fraser nahm sie. Nachdem er sie geschüttelt hatte, antwortete er: „Damit kann ich leben. Wie wäre es jetzt, wenn wir deine eigenen Zwillinge feiern und das Streiten hier in der Küche lassen? Wenigstens für Holly, wenn sonst nichts."

Bei der Erwähnung der Zwillinge lächelte Fraser und richtete sich ein wenig weiter auf. „Aye, lass uns feiern!"

Als Ross und sein Schwiegersohn die Küche verließen, begegnete Ross Lornas Blick. Mit einem Nicken trat er an Lornas Seite und legte einen Arm um sie.

Fraser war damit beschäftigt, mit Hollys Bauch über Abenteuer zu sprechen, während Fergus nur den Kopf schüttelte. Faye kaute neben Gina und Kaylee auf einem stibitzten Scone herum.

Ein Gefühl der Zufriedenheit legte sich über Ross. Mit seiner Tochter, seiner neuen Familie und Lorna an seiner Seite schien alles gut zu laufen. So lange waren Ross und Holly auf sich allein gestellt gewesen. Es war eine nette Abwechslung, ein Esszimmer voller Leute zu haben.

Gerade, als Lorna ihren Kopf auf Ross' Schulter legte, betrat Finlay Stewart, der Anführer von Clan Lochguard und Lornas Neffe, den Raum mit seiner hochschwangeren Gefährtin Arabella. Alle verstummten bei Finns Anwesenheit.

Finns sah Ross und Lorna mit zusammengekniffenen Augen an. Dann seufzte er. „Warum macht meine Familie mir meinen Job nur immer so verdammt schwer?"

Kapitel Sechs

Die Reaktion ihres Neffen brachte Lorna dazu, mit der Zunge zu schnalzen. „Niemand hat je gesagt, dass es einfach wäre, Clanführer zu sein. Es ist gut, ab und zu deine Grenzen zu testen."

Fraser ergriff das Wort: „Dass Lorna und Ross zusammenkommen, ist nichts Neues. Weißt du was, Cousin? Du wirst Zwillingsnichten oder -neffen haben, die mit deinen Drillingen spielen. Ich weiß, dass sie genau genommen deine Cousins sind, aber wir nennen dich Onkel. Auf diese Weise kannst du sie noch mehr verwöhnen."

Arabella blinzelte. „Holly bekommt Zwillinge?"

Holly lächelte. „Ja, wir haben es vorhin erfahren. Das Ersatz-Ultraschallgerät ist endlich angekommen, und ich war die erste Patientin."

Finn hob einen Arm, um Arabella davon abzuhalten, sich zu bewegen. „Warte eine Minute. Über Frasers Zwillinge zu reden, kann warten." Er winkte Lorna und Ross zu. „Wann ist das denn passiert?"

Arabella schüttelte den Kopf und schob Finns Arm weg. „Das passiert schon eine Weile, Finn. Du musst besser aufpassen."

„Aber, Ara, ich möchte meine ganze Aufmerksamkeit auf dich richten."

„Ich habe letzte Woche mein drittes Trimenon erreicht und fühle mich so viel besser. Du solltest mehr Zeit mit dem Clan verbringen, bevor die Babys kommen", antwortete sie und stellte sich neben Holly.

Finn seufzte erneut. „Und ich habe versucht, der hingebungsvolle Gefährte zu sein."

Lorna ergriff das Wort. „Hör auf mit dem Theater, Finlay. Ara sagt, dass es ihr besser geht, also musst du nicht um sie schweben. Sie wird um Hilfe bitten, wenn sie sie braucht. Nicht wahr, Kind?"

Arabella nickte. „Diese Lektion habe ich auf die harte Tour gelernt."

Lorna blickte zurück zu Finn. „Gut, dann ist das erledigt. Also, was machst du dir so Sorgen um Ross und mich? Er hat bereits die Erlaubnis, auf unbestimmte Zeit in Lochguard zu bleiben. Du hast sonst wenig zu tun, außer mir vielleicht einen größeren Esstisch zu besorgen. Bei all den Enkelbabys werden wir den Platz brauchen."

„Was, wenn du ihn paaren willst, Tante Lorna? Was dann?", fragte Finn.

Lornas Drache summte bei dem Wort „paaren",

aber Lorna ignorierte ihr Tier. „Wir werden uns darum kümmern, sobald es dazu kommt. Wenn man bedenkt, dass Nikki-Mädel ihren Menschen zum Gefährten genommen hat, kann ich mir vorstellen, dass die neue Direktorin der Abteilung für Drachenangelegenheiten weitere besondere Zeremonien haben will. Was gibt es für bessere PR als ein älteres Paar?"

Ross räusperte sich. „Habe ich hier auch was zu sagen, Liebes?"

„Im wirklichen Leben, aye. Im Hypothetischen, nein. Ich versuche, Finlay etwas begreiflich zu machen", antwortete Lorna.

Ihr Mensch kicherte. „Es muss ja kein Wettstreit sein, meine Liebe. Warum sprechen wir nicht später darüber, wenn und falls es relevant wird? Wir haben beide gerade herausgefunden, dass wir zwei neue Enkel kommen werden. Ich denke, wir sollten das feiern."

Lornas Drache meldete sich zu Wort. *Er hat recht. Wir haben ihn noch nicht einmal beansprucht. Machen wir das zuerst, und dann wird Ross Finn überzeugen, uns zu helfen.*

Du bewegst dich ein bisschen schnell für mich, Drache.

Ich weiß, was ich will, und das ist gut genug für mich. Zögern ist was für die Jungen.

Ich würde ja was dagegen einwenden, aber ich möchte Frasers und Hollys Neuigkeiten feiern.

Lorna drückte ihr Tier in den Hinterkopf und blickte zu ihrem Neffen zurück. „Wir werden die Situation später noch einmal aufgreifen, Finlay."

Finn grinste, als er an Ross' Seite trat und seine Schulter packte. „Ich glaube, es wird mit gefallen, Ross dazuhaben."

Lorna verdrehte die Augen. „Das sagst du nur, weil du dir so den Weg aus der Beantwortung von Fragen bahnen kannst."

Finn sah beleidigt aus. „Und da habe ich versucht, meine Tante zu unterstützen."

Arabellas Stimme meldete sich. „Finn, lass es gut sein. Du musst deinen Cousin davon überzeugen, seine Kinder nicht zu verderben. Du weißt, dass die neuen MacKenzie-Zwillinge unsere eigenen Babys verderben werden, und ich brauche definitiv keine drei Mini-Finns oder -Frasers, die hier herumlaufen."

„Aber wir sind die liebenswertesten, Ara. Ganz zu schweigen von unterhaltsam", antwortete Finn mit einem Zwinkern.

Fergus grunzte. „Ich finde, es ist eher wie eine Reihe nie enden wollender Kopfschmerzen. Mach dir keine Sorgen, Ara. Ich werde helfen, deine Drillinge so unverdorben wie möglich zu halten. Ich bin mir sicher, dass auch klein Jamie helfen wird, sie alle im Zaum zu halten."

Fraser rieb sich die Hände. „Du hast es gerade zu einer Herausforderung gemacht, Bruder. Und ich habe vor zu gewinnen." Er machte eine Geste auf das schlafende Baby in Ginas Armen. „Dazu gehört auch das Verderben von Mac im Quadrat."

„Sprich meinen Sohn nicht mit diesem lächerlichen Spitznamen an!", knurrte Fergus.

Fraser zuckte die Schultern. „Hey, du und Gina habt ihm den Familiennamen MacDonald-MacKenzie gegeben. Das ist allein eure Schuld."

Während Fraser und Fergus weiter stritten, flüsterte Ross in Lornas Ohr: „Wie lange dauert es noch, bis das Abendessen fertig ist?"

„Im Ernst? Du denkst gerade mit deinem Magen?"

Seine Stimme senkte sich um eine Oktave, was sie erbeben ließ. „Nein, Lorna. Je eher du alle fütterst, desto eher kannst du sie rausschmeißen. Ich will dich für mich allein."

„Oh", sagte Lorna, während ihre Wangen vor Hitze rot wurden.

„Du solltest besser an deiner Röte arbeiten. Auch wenn ich es liebe, die Farbe auf deinen Wangen zu sehen, werden deine Kinder dich damit aufziehen."

Lorna drehte den Kopf und begegnete Ross' Blick. „Weißt du was? Jetzt, wo wir mit ihnen gesprochen haben und sie wissen, was los ist, ist es mir egal. Wie wäre es, wenn wir ihnen eine Show geben?"

Ross schlang seine Arme um ihre Taille und nickte. „Ich mag deine Denkweise, Frau."

Ungeduldig nahm Lorna Ross' Lippen in einem Kuss und zog ihn an sich. Lorna war sich vage der Pfiffe und Kommentare bewusst, aber sie ignorierte sie. Ross hatte den ersten Test bei ihren Kindern bestanden, und sie war ungeduldig auf das, was als Nächstes kam.

Ihr Drache summte. *Ja, ja! Wirf sie jetzt raus!* *Noch nicht.*

Sie wollte mehr sagen, aber Ross knurrte, und Hitze breitete sich über ihren Körper aus.

Ihr Tier meldete sich wieder zu Wort. *Schick sie alle weg! Ich will ihn.*

Lorna stimmte ihrem Drachen zu. Sie wollte so schnell wie möglich das Abendessen servieren und alle ihrer Wege schicken. Es war Zeit, ihren neuen Gefährten zu beanspruchen.

FAST ZWEI STUNDEN später stellte Ross die letzten Reste in den Kühlschrank und schloss die Tür mit einer übertriebenen Geste.

Er drehte sich um und sah Lorna sich an den Tresen lehnen und ihn beobachten. Ihre Pupillen blitzten zu Schlitzen und zurück. Er grinste. „Ist dein Drache heiß auf den alten Ross Anderson?"

Sie hob die Brauen. „Das wüsstest du wohl gern."

Ross überwand die Distanz zwischen ihnen und zog Lorna an sich heran. Die Weichheit ihres Körpers machte ihn hart. Bei ihr bräuchte er keine Pillen, um zur Sache zu kommen.

Er knabberte an ihrem Ohrläppchen und flüsterte: „Ich weiß, wie man die Informationen aus dir rausbekommt." Er zupfte mit den Zähnen an ihrem Fleisch, bevor er hinzufügte: „Natürlich gehört dazu, dass du nackt auf einem Bett liegst."

„Ross", sagte Lorna in atemlosem Flüstern.

„Sag mir nicht, dass du verlegen deswegen bist, Liebes. Denn ich bin es nicht."

Lorna zog sich so weit zurück, dass sie ihm in die Augen sehen konnte. Die Hitze, die er dort sah, beruhigte einiger seiner Sorgen.

Die Drachenfrau neigte ihren Kopf. „Nicht wirklich verlegen. Aber es ist schon eine Weile her. Du musst mich vielleicht an ein paar Dinge erinnern."

Er schnaubte. „Ich glaube, du willst nur, dass ich die ganze Arbeit mache."

Sie strich mit ihren Händen seine Brust hinauf und zu seinem Nacken. Ihr sanfter Fingerdruck schickte einen Funken über seinen Rücken und direkt in seine Leistengegend.

Und als ob das nicht schon genug gewesen wäre, beugte sich Lorna vor, bis ihre weichen Brüste sich an seine Brust drückten. Die harten Punkte ihrer Brustwarzen waren zu viel, und er stieß ein kleines Stöhnen aus.

Lorna antwortete lächelnd: „Nicht die ganze Arbeit, aber ich habe gerade eine riesige Mahlzeit gekocht, und alles, was du getan hast, war, Gemüse zu schneiden. Ich glaube, du hast mehr Energie als ich."

„Ist das also der Kompromiss? Du kochst, und ich bereite dir fantastischen Sex?"

„Von mir würdest du keine Beschwerde hören."

Ross schmunzelte. „Aye, nun, dann sollte ich

wohl besser anfangen, meine Schulden zu begleichen."

Bevor Lorna etwas erwidern konnte, nahm er ihre Lippen in einem besitzergreifenden Kuss. Als er das Innere ihres Mundes erkundete, ließ er eine Hand unter ihrem Pullover zu ihrer warmen Haut wandern. Er streichelte langsam Kreise gegen ihren Rücken, bis Lorna seufzte.

Ross unterbrach den Kuss und murmelte: „Wir können uns die Küchentheke für später aufheben. Im Moment will ich dich nackt auf unserem Bett sehen."

„Mein Bett ist also jetzt unser Bett?"

„Ja." Er knabberte an ihrer Unterlippe. „Ich kann nicht zulassen, dass andere Drachenmänner auf falsche Ideen kommen, hier einzuziehen und dich zu stehlen."

Lorna hielt inne, und Ross fragte sich, ob er zu schnell gedrängt hatte. Aber wenn man bedachte, dass er und Lorna nun schon monatelang in unmittelbarer Nähe gelebt hatten, war er nicht gerade ein Fremder.

Trotzdem, der Gedanke an einen anderen Mann in diesem Bett, der nicht ihr verstorbener Gefährte war, konnte zu viel sein. Vielleicht war er dumm, weil er ihr Bett vorgeschlagen hatte, anstatt seines.

Dann küsste Lorna seinen Kiefer. „Niemand wird sich hereinschleichen, du Narr. Wenn sie es versuchen, habe ich ein hausgemachtes Abwehrmittel, um sie fernzuhalten."

„Oh, aye? Sollte ich mir Sorgen machen?"

„Nicht, solange du dich weiter gut mit mir stellst, Mensch."

„Das werde ich mir merken." Er küsste sie auf die Nase. „Wenn ich zwanzig Jahre jünger wäre, würde ich dich von den Füßen fegen und dich die Treppe hinauftragen. Aber ich will mir die alte Hüfte nicht brechen, die du immer wieder erwähnst."

Lorna lachte. „Wenn man bedenkt, dass ich nicht mehr so leicht bin wie früher, sollten wir besser auf Nummer Sicher gehen und laufen."

„Mir ist egal, wie du ausgesehen hast, als du jünger warst. Für mich bist du jetzt perfekt." Er berührte ihre Wangen und streichelte sie mit seinen Daumen. „Wollen wir nach oben gehen, damit ich dich verschlingen kann?"

Ihre Pupillen blitzten auf, bevor sie lächelte. „Sollten wir wohl besser, oder du fängst an einzudösen."

Er klatschte auf ihren Po. „Freche Drachenfrau!"

Lorna lachte, und das Geräusch hallte in der Küche wider. Ross entschied in dem Moment, dass er derjenige wäre, der sie für den Rest ihrer Tage zum Lachen bringen würde.

Er ließ sie los, nahm ihre Hand und zog daran. „Dann lass uns gehen, bevor ich einschlafe und dir das Ohr abschnarche."

Sie verließen die Küche und gingen die Treppe

hinauf. „Du schnarchst tatsächlich laut, dumm für mich."

„Das bedeutet nur, dass ich mich auf die Seite lege und dich die ganze Nacht halten muss. Auf der Seite schnarche ich nicht."

Zärtlichkeit blitzte in Lornas Augen auf, und Ross sehnte sich danach, seine Drachenfrau einfach in den Armen zu halten.

Aber er war sich ziemlich sicher, dass sein harter Schwanz und Lornas blitzende Drachenaugen das nicht zulassen würden.

Sobald sie Lornas Zimmer betraten, schloss sie die Tür und ließ seine Hand los. Ross wollte gerade schon fragen, was sie tat, als sie ihren Pullover auszog und alle Gedanken seinen Kopf verließen.

Während das Herz in ihrer Brust kräftig schlug, schaffte Lorna es irgendwie, schnell ihren Pullover auszuziehen und ihn beiseite zu werfen, als ob sie sowas jeden Tag machte. Vielleicht konnte sie Ross vorgaukeln, dass sie selbstbewusst war, wenn sie mit ihm ins Bett ging. Aber es war Jahrzehnte her. Das letzte Mal war mit Jamie gewesen.

Jamie. Für den Bruchteil einer Sekunde fragte sich Lorna, ob es egoistisch von ihr war, Ross zu wollen. Sie und Jamie hatten einander immer versprochen, auf die Kinder aufzupassen, wenn einer von ihnen weg wäre. Lornas Kinder brauchten immer noch ihre Hilfe mit den Babys und neuen Gefährten. Besonders Faye musste noch von ihrer Flügelverletzung im vorigen Jahr genesen.

Ihr Drache knurrte. *Warum ist das so schwer? Alle Kleinen sind jetzt groß. Sie brauchen Raum, um zu wachsen und ihre neuen Familien zu stärken.*

Meine Mutter hat mir geholfen, als ich Mutter wurde. Ich sollte das auch tun.

Aye, und das wirst du. Aber was ist mit den Morgen oder den Nächten? Bald werden wir ganz allein in diesem Haus sein.

Ross' Stimme unterbrach ihre Unterhaltung. „Was ist los, Lorna? Hast du Bedenken?"

Ihr Tier knurrte. *Sieh dir das Verlangen und die Hitze in Ross' Augen an. Er will und, und ich will ihn. Du nicht?*

Lorna erinnerte sich an Ross' Küsse, sein Necken und sogar seine Freundschaft seit seiner Ankunft in Lochguard und wusste, dass sie es tat.

Vielleicht war der Moment gekommen, dass Lorna sich ein bisschen Zeit für sich nahm, nachdem sie vier dickköpfige Kinder allein großgezogen hatte.

Sie drückte ihre Nervosität und Zweifel beiseite und antwortete: „Natürlich nicht. Ein wenig warten könnte dir guttun."

Schmunzelnd zwinkerte Ross. „Nicht zu lange, hoffe ich. Meine Schlafenszeit nähert sich langsam."

Sie schüttelte den Kopf und bewegte ihre Hände zum Rock. Nachdem sie ihn wackelnd hatte fallen lassen, zog sie ihre Socken aus und hielt am Saum ihres Höschens inne. Sobald es weg war, bezweifelte sie, dass sie ihren Drachen davon abhalten konnte, Ross zu fordern.

Ross' Stimme war rau, als er verlangte: „Zeig es mir, Liebes. Ich möchte dich ganz sehen."

Das Verlangen in seiner Stimme gab Lorna den Mut, den sie brauchte, um ihr Höschen fallen zu lassen und den BH zu öffnen. Obwohl das Zimmer warm war, zitterte sie. Ross' lange Betrachtung ihres Körpers ließ ihr Herz nur noch mehr pochen, und Feuchtigkeit sammelte sich zwischen ihren Beinen.

Im nächsten Moment zog Ross sein Hemd aus, und ihre Augen wanderten zu den grauen Haaren auf seiner Brust. Obwohl er kein Drachenwandler war, war sein Körper noch immer schlank und hart, was sie gern mit ihren Händen und ihrer Zunge berühren und erkunden wollte.

„Gefällt dir, was du siehst, Liebes?"

Stirnrunzelnd deutete Lorna auf seine Hose. „Beeil dich und zieh sie aus, bevor ich erfriere."

Mit einem Schmunzeln zog Ross seine Hose auf und ließ sie auf den Boden fallen. Seine Erektion drückte gegen seine Unterwäsche, und ihr Drache knurrte vor Ungeduld. *Sag ihm, er soll sich beeilen. Ich komme um vor Hunger.*

Bevor sie darüber nachdenken konnte, wie sie darauf antworten sollte, zog Ross seine Unterwäsche herunter und richtete sich auf. Unfähig zu widerstehen, blickte sie seinen schlanken, großen Körper hinunter, bis sie seinen langen, harten Schwanz erreichte.

Sein Verlangen nach ihr war offensichtlich.

Natürlich ist es das. Du brauchst mehr Selbstvertrauen, wenn es um unsere Attraktivität geht.

Halt die Klappe, Drache!

Ross trat zu ihr und zog sie an seinen warmen Körper. Der Druck seiner Erektion gegen ihren Bauch verursachte einen hämmernden Schmerz zwischen ihren Oberschenkeln.

Nach einem kurzen Kuss führte Ross sie zurück zum Bett. „Ich hoffe, du bist bereit, Lorna." Er schob sie sanft auf die Matratze und hielt ihren Körper mit seinen Armen gefangen. „Weil ich nicht aufhöre, bis du meinen Namen mindestens zweimal schreist."

Sie wollte gerade schon sagen, dass er sich da aber eine Menge vorgenommen hatte, doch Ross' Finger berührten die Verbindungsstelle zwischen ihren Beinen, und sie hielt den Atem an.

Kapitel Sieben

Nur wegen seiner gewaltigen Selbstbeherrschung konnte Ross Lornas empfindlichstes Fleisch streicheln und sich Zeit nehmen. Mit jeder Berührung seiner Finger spreizte Lorna ihre Beine weiter. Ihre Wangenröte war ein schöner Kontrast zu ihrem grau-blonden Haar, das hinter ihrem Kopf aufgefächert war.

Verdammt, sie war umwerfend!

Es war lange her, dass er das letzte Mal mit einer Frau geschlafen hatte. Und egal, was sein Gehirn wollte, sein Schwanz wollte in die Drachenfrau stoßen und sie sofort beanspruchen.

Lornas atemlose Stimme erregte seine Aufmerksamkeit. „Ross, bitte!"

Seinen Namen auf ihren Lippen zu hören, war der Wendepunkt. Ross nahm seine Hand weg und positionierte seinen Schwanz an ihrer Öffnung. „Bereit, Liebes?"

Mit blitzenden Pupillen verlangte sie: „Beeil dich!"

Ross wollte seine Frau nicht länger warten lassen, und drang zentimeterweise ein. Sie mochte zwar keine Jungfrau sein, aber es war eine Weile her, und er wollte ihr nicht wehtun.

Als hätte Lorna seine Gedanken gelesen, knurrte sie: „Wage es nicht, zärtlich zu sein, Ross. Ich will Feuer und Leidenschaft, von der ich weiß, dass sie da ist."

Ross senkte seinen Kopf und knabberte an ihrer Unterlippe. „Wie du willst."

Er stieß bis zum Anschlag hinein, sie stöhnte und packte seinen Bizeps. Sie grub ihre Nägel in seine Haut, und etwas Ursprüngliches zündete in Ross.

Er bewegte seine Hüften und erhöhte das Tempo mit jeder Bewegung. Er liebte die Art, wie Lorna seinen Schwanz mit genau dem richtigen Druck packte.

Er wollte jedoch mehr als nur seinen Schwanz in seiner Drachenfrau spüren. Ross verlagerte das Gewicht auf seinen linken Arm, schloss seine Hand um Lornas Brust und drückte. Das warme Fleisch war weicher, als er es sich vorgestellt hatte.

Aber berühren war nicht genug. Er kniff ihren harten Nippel zwischen seinen Fingern, und Lorna stöhnte. „Ja!"

An ihren Brustwarzen zu saugen und sie mit den Zähnen zu bearbeiten, müsste warten. Ross musste Lorna zu der seinen machen. Der Wunsch, sie schreien zu hören, wenn sie kam, drückte seine Hüften nur schneller.

Doch als sich der Druck an der Basis seiner Wirbelsäule aufbaute, biss Ross die Zähne zusammen. Er würde nicht wie ein fünfzehnjähriger Junge vor Lorna kommen. Seine Drachenfrau hatte Besseres verdient.

Er ließ seine Hand über ihren weichen Bauch bis zu den Haaren an der Verbindung ihrer Oberschenkel gleiten. Er fand ihren harten Knoten und massierte ihn. Lorna wiegte ihr Becken unter ihm. Als sie ihre Nägel tiefer in seine Haut grub, wollte Ross loslassen.

Zum Glück schrie sie seinen Namen und bog ihren Rücken. Als sie seinen Schwanz packte und losließ, brüllte Ross und hielt in ihr inne. Lust raste und stürzte durch seinen Körper, während er Lorna MacKenzie endlich zu der seinen machte.

Sobald sie jeden letzten Tropfen aus ihm rausgeholt hatte, brach Ross auf ihr zusammen.

Für kurze Zeit lagen sie beide nur dort und atmeten schwer. Dann kratzen Lornas Nägel über seinen Rücken, während sie schnurrte: „Du hast noch ein paar Tricks in dir, alter Mann."

Mit einem Grunzen rollte Ross zur Seite und nahm sie mit. Die Drachenfrau lag halb auf seiner Brust, was ihm die perfekte Gelegenheit gab, ihre Pobacke zu greifen und zu drücken. „Ich bin mehr daran interessiert, deine Tricks zu sehen, Liebes."

Lorna hob den Kopf. „Ich dachte, wir hätten

einen Deal! Ich koche, und du bereitest mir fantastischen Sex."

„Du findest ihn also fantastisch, aye? Gut zu wissen. Vielleicht macht es alle Drachenmänner neidisch."

„Wage es nicht, in der Öffentlichkeit zu prahlen, Ross Anderson. Was in diesem Bett passiert, ist privat."

Er schob Lornas langes Haar über ihre Schulter und zog dann ihr Schlüsselbein nach. „Also gibt mir das die Erlaubnis, zu tun, was ich will, solange ich nicht darüber rede?"

Sie beugte sich hinab und flüsterte ihm ins Ohr: „Ich kann diese Frage noch nicht beantworten. Ich muss mehr von deinen Moves sehen, um eine fundiertere Entscheidung treffen zu können."

Er schmunzelte. „Du willst nur, dass ich die ganze Arbeit mache."

Lorna bewegte sich, um sich rittlings auf seine Hüften zu setzen, ihre schönen Kurven in voller Sicht. Er wartete nicht auf eine Antwort und zog ihre Brust nach, ihre Taille und die Dehnungsstreifen an ihrem Bauch. Als er ihren Blick sah, bemerkte er, dass ihr Ausdruck verschlossen war. Sie verbarg etwas. „Sag mir, was dir durch den Kopf geht, Liebes."

LORNA WOLLTE NOCH eine Runde mit ihrem Menschen machen. Die Dinge, die dieser Mann mit seinen Fingern anstellen konnte, ließen ihre Haut brennen.

Dann betrachtete er ihren Körper, und sein Blick blieb auf ihrem Bauch, und Lornas Selbstvertrauen verblasste. Mit den Falten und Dehnungsstreifen fragte sie sich, wie Ross sie überhaupt schön finden konnte.

Ihr Drache schnaubte. *Erinnerst du dich an unser Gespräch über Selbstvertrauen? Wir sind wunderschön. Akzeptiere es.*

Als sie noch darüber nachdachte, wie sie darauf reagieren sollte, unterbrach Ross' Stimme ihre Gedanken. „Sag mir, was dir durch den Kopf geht, Liebes."

Lorna sah auf ihren Menschen hinunter und bemerkte Sorge in seinem Blick. Ihr Drache meldete sich wieder. *Du verhältst dich idiotisch, mir gefällt das nicht.*

Ross streichelte ihren Rücken in langsamen Kreisen, und sie seufzte. „Ich wünschte nur, ich hätte dich vor Jahren kennengelernt."

Er hob die Brauen. „Aber wärst du dann bereit gewesen? Das bezweifle ich irgendwie. Jedes Herz braucht Zeit, um zu heilen, einige mehr als andere. Ich hätte nie gedacht, dass ich in der Lage wäre, zu akzeptieren, dass Anne weg ist und ich jemand anderen finden sollte, aber das tat ich. Verdammt, ich bin jetzt sogar froh über den Krebs, denn er brachte mich zu dir und zu meiner zweiten Chance."

Lorna legte ihre Hände auf seine Brust und

neckte sein Brusthaar mit ihren Handflächen. „Das sind schicke Worte, wenn man bedenkt, dass wir uns heute Morgen zum ersten Mal geküsst haben."

Ross rollte sie herum, bis er sie mit seinen Armen umfing. „Es ist fast ein halbes Jahr her, dass wir uns kennengelernt haben, und ich weiß nicht, wie es dir geht, aber ich habe die meisten Tage geschätzt."

„Die meisten?"

„Aye, der ständige Zank mit deinem jüngsten Sohn, auf den hätte ich verzichten können."

Sie lächelte. „Seine Überfürsorglichkeit kommt von seinem Vater. Sein Temperament könnte von mir gekommen sein."

„Könnte?"

Sie schmunzelte. „Okay, alles kam von mir." Sie schwieg eine Minute lang. Als sie endlich antwortete, war ihre Stimme ernst. „Ich vermisse ihn immer noch, weißt du. Jamie."

Ross streichelte ihre Wange. „Aye, ich weiß. Ich vermisse meine Anne täglich. Aber ich glaube, sie hätte dich gemocht. Obwohl Anne still war, war sie auch stur und willensstark. Sie hat kreative Wege gefunden, sich durchzusetzen."

„Jamie war ein bisschen besitzergreifend, aber tief in mir drin weiß ich, dass er will, dass ich glücklich bin."

„Warum verdrängst du dann weiter die Chance, Lorna? In einer Minute kannst du nicht genug von mir bekommen, und in der nächsten verschließt du dich und hältst mich auf Armeslänge. Letzteres mag ich nicht, Mädel."

Sie sah in Ross' Augen. Dies war einer der wichtigen Momente im Leben, in denen man wusste, dass es die Zukunft beeinflussen könnte. Wenn Lorna sich Ross jetzt nicht öffnete und die Wahrheit sagte, könnte sie auf lange Sicht ihre Chance bei ihm verlieren.

Ihr Drache meldete sich zu Wort. *Sag es ihm endlich, damit wir mehr Sex haben können.*

So eine eingleisige Denkweise!

Wir haben es seit Jahrzehnten auf deine Art getan. Jetzt will ich auch meinen Weg.

„Also, ist dein Drache auf meiner Seite?", fragte Ross.

Lorna schnaubte. „Natürlich ist er das. Ich glaube, er tut es, um sich für all die Jahre des Zölibats zu rächen."

Das hast du richtig verstanden, sagte ihr Tier.

Ross antwortete, bevor Lorna es konnte: „Dann könnte er dich vielleicht überzeugen, mir zu sagen, warum du dich vorhin zurückgezogen hast."

Als Ross ihre Wange streichelte, entschied Lorna, dass sie genug gezögert hatte. Sie wollte, dass Ross alles von ihr wusste. „Es ist mehr als zwei Jahrzehnte her, dass ich mit einem Mann zusammen war, und mein Körper hat sich verändert. Ich muss mich noch daran gewöhnen, nackt bei dir zu sein."

„Oh, aye? Dann muss ich dich vielleicht so an meine Berührung gewöhnen, dass es sich seltsam anfühlt, getrennt zu sein."

„Versuchst du, mich zu verzaubern, Mensch?"

Er grinste. „Ja, und erwarte nicht, dass ich bald aufhöre."

Lorna lachte, als Ross sich zurückzog, um sich auf die Fersen zu setzen, seine Beine über ihren eigenen.

Er fuhr mit einem Finger über die eine Schulter und dann über die andere. „Diese Schultern hatten im Laufe der Jahre viel zu tragen, und trotzdem sind sie immer noch gerade und stark." Er bewegte seine Hand und legte sie über ihr Herz. „Dieses Herz ist groß genug, um einen heranwachsenden Neffen aufzunehmen sowie einen alten Mann und sogar der Schwester ihrer Schwiegertochter zu helfen."

Lorna sollte die Stirn runzeln und ihm sagen, dass fast jeder in Lochguard dasselbe tun würde, aber sie wollte den Zauber nicht brechen. Ross' mit rauer Stimme gesprochene Worte und seine sanfte Berührung machten süchtig.

Er umschloss ihre Brüste und hob sie sanft an. „Die hier haben nicht nur deine Kleinen genährt, sondern lassen auch jeden Mann davon träumen." Ross beugte sich hinab, nahm eine ihrer Brustwarzen in den Mund und saugte. Jeder Zug brachte ihren Kern zum Pulsieren. Dann wechselte er zur anderen, und Lorna biss sich auf die Lippe, um nicht zu stöhnen.

Er ließ ihren Nippel nach einem Kreisen seiner Zunge los und dann ihre Brüste, um ihre breiten Hüften zu ergreifen. „Und deine Hüften. Zur Hölle,

Lorna, sie haben gerade genug Polster, um dich vor meinem harten Griff zu schützen. Und was deinen Po angeht" – er schob eine Hand unter ihre Pobacke – „sagen wir einfach, ich kann es kaum erwarten, dich von hinten zu nehmen. Dein lieblicher Po wird mich davon abhalten, mir die Knochen zu brechen."

Sie lächelte. „Du bist albern. Sex wird dich nicht brechen."

„Ich weiß nicht." Er legte einen starken Akzent auf. „Wie ich höre, können Drachenfrauen im Schlafzimmer *sehr* anspruchsvoll sein."

Ihr Drache summte. *Er hat ja keine Ahnung. Warte nur, bis ich dir die Kontrolle entreißen kann.*

Lorna öffnete den Mund, um zu antworten, aber Ross legte eine Hand auf ihren Bauch und rieb langsam. Wenn Drachen hätten schnurren können, hätte Lorna es getan.

Ihr Mensch sagte: „Du zeigst die Narben der Schwangerschaft, aber mehr noch, sie sind ein Symbol für die Vergangenheit und die Zukunft. Keine Dehnungsstreifen oder Kinder zu haben, würde dir nicht gefallen, Lorna. Du liebst es, dich um andere zu kümmern, also nimm es an."

Als Lorna in Ross' Augen starrte, sah sie die Wahrheit. Ihr Mensch glaubte wirklich alles, was er über sie sagte.

Ihr Tier schnaubte. *Mit mir und Ross, glaubst du uns jetzt und nimmst deine Sexiness an?*

Ross nahm ihre Hand und verflocht seine Finger mit ihren. „Habe ich dich davon überzeugt, wie sehr ich dich nackt sehen will, Liebes? Weil ich weitermachen kann."

Sie blinzelte die Tränen zurück und räusperte sich. „Ich bin froh, dass du in mein Leben gekommen bist, Ross. Du bist ein feiner Mann, und es hat sich mehr als gelohnt, auf dich zu warten."

Seine Augen weiteten sich, und er tat, als müsste er keuchen. „Öffnet sich Lorna MacKenzie mir gerade wirklich? Oder träume ich?"

„Ross!", brachte sie zwischen zusammengebissenen Zähnen hervor.

Er beugte sich hinunter und nahm ihre Lippen in einem sanften Kuss. „Ich habe so viele Monate auf dich gewartet, Lorna, dass ich bereit bin, dich noch einmal zu nehmen." Er strich seinen Finger über ihre Wange. „Erwarte das nur nicht jeden Abend. Ein alter Mann hat so seine Grenzen."

Sie gab ihm einen Klaps auf den Po. „Hör auf zu sagen, dass du alt bist. Für mich bist du genau richtig." Sie knabberte an seiner Unterlippe. „Und lass mich sehen, ob wir heute Abend noch zweimal aus dir rausbekommen können."

„Da ist aber jemand anspruchsvoll."

„Aye, gewöhn dich schon mal daran."

Ross schmunzelte, bevor er ihre Lippen in einem groben Kuss nahm. Als seine Zunge in ihren Mund rutschte, hielt Lorna seine Schulter fest und zog ihn zu sich. Mit jedem Schlag ließ Ross sie wissen, wie sehr er sie wollte. Und zum ersten Mal zweifelte sie weder an sich noch an ihm.

Kapitel Acht

R oss sah Lorna zu, wie sie sein Frühstück in ihrem Nachthemd fertig zubereitete. Er hätte es vorgezogen, dass sie nackt kochte, aber angesichts der Neigung von Lornas Kindern, unangekündigt aufzutauchen, hatte sie ihn von der Notwendigkeit überzeugt, Kleidung zu tragen.

Doch er konnte nicht widerstehen, sich hinter sie zu stellen und ihre Hüften zu nehmen, während er ihren Hals küsste.

Obwohl sie sich gegen seine Berührung lehnte, sagte sie: „Denke nicht, dass deine Küsse mich überzeugen werden, dir ein komplettes schottisches Frühstück zu machen."

Ross streichelte an ihrem Brustkorb auf und ab und sagte: „Du weißt, wie sehr ich Haferbrei hasse. Warum machst du das nochmal?"

„Wegen deiner Gesundheit. Nicht einmal deine Fähigkeiten im Schlafzimmer werden mich davon überzeugen, meine Meinung in dem Punkt zu ändern." Sie sah zu ihm auf. „Ich habe dich gerade erst gefunden und werde dich nicht an einen Herzinfarkt verlieren."

Die Heftigkeit in Lornas Blick raubte ihm den Atem.

Er küsste ihren Mundwinkel und antwortete: „Mein wildes Drachenmädel."

„Zu richtig. Und jetzt geh zurück, oder ich lasse was davon auf deine Hose fallen."

Er schmunzelte. „Das ist eine leere Drohung, Liebes, und das weißt du. Dein Drache mag meine ‚Fähigkeiten', wie du es ausdrückst."

„Du bist solch ein Schuft!"

„Aye, aber du liebst das an mir."

Lorna starrte noch eine Sekunde, bevor sie sich wieder zu ihrem Topf auf dem Herd drehte. Ross' Aussage war unbeschwert gewesen, aber er fragte sich, ob sie es für mehr gehalten hatte.

Er hatte die Drachenfrau seit so vielen Monaten gewollt, dass er genau genommen schon in Lorna MacKenzie verliebt war. Nicht, dass er ihr das schon wahrheitsgemäß sagen konnte. Während der Krebs Ross' Leben und Prioritäten in die richtige Perspektive gerückt hatte, kämpfte Lorna immer noch mit den Erinnerungen an ihren verstorbenen Ehemann. Er hoffte jedoch, dass sie ihn nicht wieder auf Abstand halten würde. Nach der Nacht zuvor dachte Ross nicht, dass er wieder nur mit ihr befreundet sein könnte.

Verdammt, warum dachte er überhaupt an Liebe und Zukunft? Das war zu früh.

Ross fuhr sich mit der Hand durchs Haar. Verdammte Hölle, eine Frau zu umwerben war schwieriger, als er es in Erinnerung hatte.

Ross trat zurück und ließ Lorna das Frühstück auf die Teller verteilen. Als sie fertig war, brachte er die Schüsseln zum Esstisch, und Lorna folgte mit dem Kaffee und dem Besteck. Sie wollten sich gerade hinsetzen, als es an der Tür klopfte.

Lorna runzelte die Stirn. „Meine Kinder klopfen selten an, wer kommt also um acht Uhr morgens vorbei, der nicht zur Familie gehört?"

Sie wollte zur Tür gehen, aber Ross stellte sich vor sie. „Lass mich. Dein Nachthemd ist zu dünn für Fremde."

Belustigung tanzte in ihren Augen. „Ich würde die Leute von Lochguard kaum Fremde nennen."

„Du weißt, was ich meine."

Das Klopfen nahm an Intensität zu. Lorna deutete auf die Tür. „Dann mach schon auf, bevor jemand denkt, dass ich in der Nacht gestorben bin."

Ross schüttelte den Kopf und verließ das Esszimmer. Als er die Tür öffnete, stand der große Typ vom Vortag da, der mit Lorna und Fergus gegangen war. Ross hasste es, nach oben schauen zu müssen, um dem Drachenmann in die Augen sehen zu können, zumal der Kerl besser aussah, als es Ross gefiel. „Ja?"

Der Drachenmann sah um Ross herum. „Ist Lorna schon auf und in der Nähe?"

„Wer will das wissen?", knurrte Ross.

Der Mann hob die Augenbrauen und antwortete: „Ah. Du musst derjenige sein, dessentwegen sie gestern gezögert hat."

Die Aussage des Drachenmanns ließ Ross sich fragen, ob Lorna ihn so lange schon gewollt hatte, wie Ross sie. „Und wer verdammt nochmal bist du?"

„Stuart MacKay vom Clan Seahaven. Lorna und ich sind alte Freunde. Ich wollte sie nur kurz sehen, bevor ich später abreise. Wir haben eine Menge nachzuholen."

Die Erwähnung des zu gutaussehenden Mannes, er werde abreisen, ließ Ross sich ein wenig weiter aufrichten. „Nun, sie isst gerade ihr Frühstück. Du wirst wohl später wiederkommen müssen."

Stuart öffnete den Mund, aber Lornas Stimme dröhnte nach draußen, bevor er etwas sagen konnte. „Ross Anderson, das wird er nicht tun!"

Ross drehte den Kopf und entdeckte Lorna. Als sie neben ihm stehenblieb, sah sie zu Stuart und lächelte. „Hallo, Stu."

Als der zurücklächelte, ballte Ross seine Finger. Je eher er Stuart loswerden konnte, desto eher konnte er über das ganze Ausmaß ihrer Vergangenheit erfahren. Lorna hatte behauptet, sie wären fast Gefährten geworden, und er wollte wissen, ob sie noch Gefühle für ihren alten Geliebten hatte. Stuarts Anwesenheit war eine deutliche Erinnerung daran, wie viel er noch über Lorna MacKenzie erfahren musste.

Sie trat zur Seite, eine Bewegung, die bewirkte, dass ihr Nachthemd mehr von ihrer Figur zeigte, als es Ross gefiel. „Komm rein, Stu. Ich habe genug Porridge, auch für dich. Ich weiß, dass du den am liebsten magst."

Natürlich, verdammt nochmal.

Als Lorna Stuart in die Küche führte, atmete Ross tief durch und versuchte, seine Eifersucht in den Griff zu bekommen. Lorna hatte ihn ausgesucht, Ende der Geschichte.

Und doch, sein Gehirn verstand das, aber sein Herz war verdammt stur. Das Frühstück mit Lornas „altem Freund" würde seine Geduld auf die Probe stellen.

Sei vorsichtig, Anderson, sonst stößt du sie weg. Aye, sie mochte kein unnötiges Drama. Der Trick wäre, nicht zum fünften Rad ihrer Unterhaltung zu werden, weil er Lorna auf keinen Fall allein mit dem Drachenmann lassen würde. Ross vertraute ihr, aber angesichts des Verlangens und der männlichen Aufmerksamkeit, die vor einer Minute kurz in den Augen des Drachenmanns aufgeblitzt waren, vertraute er Stuart MacKay ungefähr so weit, wie er ihn werfen konnte.

Lorna sollte Ross' Eifersucht auf Stuart nicht mögen, aber sowohl Frau als auch Tier genossen es vielmehr.

Ihr Drache schnaubte. *Mir gefällt es, zu wissen,*

dass Ross für uns kämpfen würde. Selbst wenn Stu ihn zu einem Kampf herausfordern würde, würde Ross wohl akzeptieren, wenn es bedeutet, uns behalten zu können.

Aye, ich stimme zu. Unser Mensch ist mehr wie ein Drachenwandler, als er weiß. Vielleicht hat das Leben in Lochguard auf ihn abgefärbt.

„*Warum sagst du das, als wäre das was Schlechtes?*

Stuarts Stimme unterbrach Lornas Gespräch mit ihrem Tier. „Ich habe halb erwartet, dass mindestens eines deiner Kinder hier ist. Nach dem, was Fergus mir erzählt hat, ist dein Cottage nie leer."

Ross grunzte. „Es ist nicht leer."

Lorna verkniff sich ein Lächeln. „Letzte Nacht war was Besonderes, und Faye hat bei einer Freundin geschlafen. Außerdem, wie Ross bereits sagte, ist er hier bei mir."

Stuart sah zu ihrem Menschen. „Aye, ich sehe ihn." Stuart begegnete erneut ihrem Blick. „Ich weiß allerdings nicht, wie er auf Lochguard lebt, da er kein Menschenopfer ist."

Lorna ging in die Küche und nahm noch eine Schüssel für Haferbrei herunter. „Seine Tochter war ein Opfer und ist jetzt Frasers Gefährtin. Finn hat ein wenig verhandelt, was Ross erlaubte, seine Tochter zu begleiten. Er hatte Krebs und brauchte Pflege."

Aus ihrem Augenwinkel sah sie, wie Ross versuchte, aufrecht zu stehen. „Aber jetzt ist er weg. Ich bin kerngesund."

Stuart lachte. „Schade, dass du nicht so gesund bist wie ein Drachenwandler.”

Lorna spürte, wie Ross' Zorn in ihm hochkochte, also sprach sie, bevor er es konnte. „Nur weil Menschen und Drachenwandler unterschiedlich sind, macht das Menschen nicht weniger besonders. Gerade du solltest das verstehen, Stu.” Während Stu ernst wurde, erklärte Lorna Ross: „Stuart hatte eine menschliche Gefährtin.”

Ross' Haltung lockerte sich bei der Verwendung des Wortes ‚hatte', und er antwortete: „Tut mir leid, von deinem Verlust zu hören.”

Stuart wedelte mit einer Hand. „Deb wird immer bei mir sein. Aber lasst uns nicht ein ziemlich gutes Frühstück ruinieren, indem wir über tote Gefährten reden. Wir sollten uns auf die Zukunft konzentrieren, die wir vor uns haben.”

Nachdem sie Stuart seinen Haferbrei gereicht hatte, stellte sie sich neben Ross. Sie hatte lange genug zugelassen, dass ihr Mensch vor sich hin kochte, also lehnte sie sich an seine Seite. „Aye, ich freue mich auf die Zukunft.”

Ross legte einen Arm um ihre Taille. Eine Sekunde blitzte Traurigkeit in Stuarts Augen auf, aber sie war weg, bevor er blinzeln konnte. Der Drachenmann lächelte wieder. „Nun, meine unmittelbare Zukunft beinhaltet, diesen Brei zu essen, bevor er kalt wird. Oh, und vielleicht Lorna zu beschämen. Ich bin sicher, Ross würde gerne von Lorna in ihrer Jugend hören. Sie war ein ganz schöner Kracher!”

Ross schnaubte. „Und ist es immer noch."

Stuart ging ins Esszimmer. Bevor Ross folgen konnte, küsste Lorna ihn und flüsterte: „Ich kann auf deinem Schoß sitzen, wenn es deinem männlichen Stolz guttut. Aber du sollst wissen: Ich habe dich ausgewählt, Ross. Stuart ist nur ein Freund und wahrscheinlich ein einsamer. Denk daran, dass er vor über einem Jahrzehnt aus Lochguard verbannt wurde."

Ross drückte ihre Seite und antwortete: „Dann versuchen wir, ihm wieder das Gefühl zu geben, willkommen zu sein."

„Das war aber eine schnelle Wende. Ich bin überrascht, dass ich mir durch das Schleudertrauma nicht den Hals verletzt habe."

Ross zuckte mit einer Schulter. „Du hast mich beansprucht, und das ist gut genug für mich. Wenn man bedenkt, dass Lochguard-Drachenwandler Ehre ziemlich ernst nehmen, zumindest diejenigen, die dich kennen und dich eine Freundin nennen, erwarte ich, dass Stuart in diese Kategorie fällt. Habe ich recht?"

„Aye, hast du." Sie küsste seine Wange. „Und da er sowieso alles hören kann, was wir sagen, wie wäre es, wenn wir uns zu Stu im Esszimmer gesellen? Dein Brei wird bald kalt sein."

„Du und der verdammte Porridge."

Sie machte ts. „Beschwere dich, solange du willst, aber du isst ihn, auch wenn du ihn mit einem Messer schneiden musst, weil du ihn zu lange hast stehen lassen."

Stuarts Stimme drang vom Esszimmer zu ihnen. „Aye, und sie wird ihre Drohung wahrmachen, Ross. Ich musste ihn einmal kalt essen, weil ich die gekochten Karotten darin nicht mochte. Lorna hat mich fast an den Tisch gekettet."

Lorna schob Ross durch die Tür, als sie antwortete: „Ich wurde erzogen, zu essen, was vor mir steht, ob es mir schmeckte oder nicht. Und du auch. Also hör auf zu ächzen."

Ihr Drache meldete sich erneut zu Wort. *Lügnerin! Du hast immer einen Weg gefunden, deinen Brokkoli zu verstecken und ihn später im Garten zu vergraben.*

Pst!

Ross zog einen Stuhl vor, und Lorna setzte sich, während er ihn zurückrutschte. Sobald auch ihr Mensch saß, nahm Lorna einen Löffel, als Stuart antwortete: „Das ist nicht das, was mir dein verstorbener Bruder gesagt hat." Stuart sah zu Ross. „Mach ihr Brokkoli, und halte ihr dann die gleiche Rede."

Ross grinste und nickte. „Aye, vielleicht mache ich das. Vielleicht hört sie dann auf, mir diesen verdammten Brei zu servieren."

Lorna sah sie an. „Wenn ich gewusst hätte, dass ihr beide eine Koalition gegen mich bilden würdet, hätte ich Stu nie reingelassen."

Ross ignorierte ihren Kommentar, beugte sich vor und sah Stuart an. „Also, was kannst du mir sonst noch sagen? Ich habe so das Gefühl, dass ich ein paar Karten brauche, um Lorna auf Trab zu halten."

Stuart antwortete: „Nun, sie hat da dieses Ding mit Libellen ..."

Während Stuart und Ross sich in die Diskussion über ihre Ängste und Fehler vertieften, konnte Lorna nicht anders, als zu lächeln. Sie hatte gewusst, dass Ross ein guter Mann war, aber dass er Stuart so bald akzeptieren würde, erhöhte ihre Wertschätzung für ihn. Ihr Mensch hatte nur wissen müssen, dass sie ihn wollte und nur ihn. Danach war die Vergangenheit in der Vergangenheit.

Sie war sich nicht sicher, ob ein Drachenwandler so akzeptierend gewesen wäre. Immer mehr begann sie, die Vorteile zu erkennen, wenn man einen Menschen beanspruchte.

Sie hoffte nur, dass es hielt.

Ihr Drache meldete sich wieder zu Wort. *Das wird es. Immerhin bin ich für Ross.*

Aye, und das ist alles, was zählt?

Ich bin ausgezeichnet darin, einen Charakter einzuschätzen. Ich hatte recht mit Jamie, und ich werde mit Ross recht haben.

Das hoffe ich, Drache. Ich mache mir nur Sorgen um weitere Angriffe oder etwas anderes, das ihn mir nehmen könnte.

Das werde ich nicht zulassen.

Auch wenn es nicht ausreichte, dass ihr Tier das aussprach, um es wahrzumachen, milderte die Gewissheit im Tonfall ihres Drachen einige von Lornas Sorgen.

Gerade als sie einen Bissen von ihrem Frühstück

nahm, sah Ross ihr in die Augen und zwinkerte. Die kleine Geste ließ ihren Bauch flattern.

Lorna schob ihre Zweifel und Ängste beiseite. Sie kämpfte immer dafür, das zu schützen, was ihr gehörte, und das schloss jetzt auch Ross Anderson mit ein.

Kapitel Neun

Einige Tage später beendete Ross den Anruf mit seiner Tochter und versuchte, nicht zu grinsen. Finn hatte Ross' Bitte nachgegeben, was bedeutete, dass er Lorna endlich von seiner Überraschung erzählen konnte.

Er fand sie unten an der Eingangstür, wo sie sich gerade von Meg Boyd verabschiedete. Ross war vorsichtig gewesen und hatte die beiden Frauen ohne ihn reden lassen. Das Letzte, was er brauchte, war, über die Sex-Eskapaden von Meg und ihren zwei Drachenmännern zu hören.

Die Tür schloss sich mit einem Klick. Lorna wandte den Kopf, um seinem Blick zu begegnen. „Kommst du also doch noch aus deinem Versteck, wie?"

Ross überwand die Distanz zwischen ihnen und zog Lorna an sich heran. „Ich habe mich nicht versteckt. Ich bin mir sicher, ihr wolltet beide nicht alle paar Minuten von meinen klugscheißerischen Kommentaren unterbrochen werden."

„Oh, ich bezweifle, dass du uns unterbrochen hättest. Die Geschichten von Meg, Archie und Cal sind ziemlich amüsant. Die beiden Drachenmänner drängen sie, einen von ihnen zu wählen. Schlimmer noch, sie drohen beide, die Farm des anderen zu zerstören, wenn Meg sich für ihn entscheidet."

Ross lachte, als sie ins Wohnzimmer kamen. „Ich sage immer noch, dass Finn eine drei Meter hohe Mauer bauen sollte, die ihre Farmen vom Rest des Clans trennt. So müsste sich der Clan keine Sorgen machen, dass ein abtrünniger Ast oder Felsen auf sie fliegt."

Lorna setzte sich auf die Couch. „Warum sollte Finn das tun? Die beiden zu beobachten, ist amüsant. Ich habe den Großteil meines Lebens damit verbracht."

Ross setzte sich neben Lorna und nahm ihre Hand. „Apropos dein Leben, ich habe eine Überraschung für dich."

Sie musterte ihn. „Ich bin mir nicht sicher, ob ich aufgeregt sein oder Angst haben sollte."

„Oh, definitiv aufgeregt."

„Hör auf, es in die Länge zu ziehen und sag es mir endlich. Ich habe heute eine lange Liste von Dingen zu tun."

„Nein, hast du nicht."

Lorna runzelte die Stirn. „Wovon sprichst du?"

„Du und ich, wir reisen nach Skye."

Sie blinzelte. „Was?"

„Ich habe herausgefunden, dass du nie dort gewesen bist, und dachte, wir könnten ein bisschen Zeit allein verbringen." Sie öffnete den Mund, um zu protestieren, doch Ross unterbrach sie. „Es ist vollkommen sicher. Lochguards Beschützer trainieren dort, und die Menschen, die auf der Insel leben, sind freundlich zu unserem Clan. Soweit ich weiß, haben sie sogar eine Art Allianz, die seit Jahrhunderten mit Lochguard besteht."

„Ich weiß das, aber was ich sagen wollte, bevor du mich unterbrochen hast, ist, dass ich Kaylee diese Woche beim Kochen helfe und Jamie zwei Tage babysitte, damit Fergus und Gina ein bisschen Zeit für sich haben."

Ross hob eine Hand. „Nein, tust du nicht. All das ist schon geregelt. Kaylee wird mit Meg Boyd kochen, und Holly hat zugestimmt, an deiner Stelle auf Jamie aufzupassen. Es ist höchste Zeit, dass du Urlaub machst, Lorna." Er beugte sich vor. „Und nicht irgendeinen Urlaub, sondern einen mit mir."

Unter normalen Umständen hätte Lorna Ross' Überheblichkeit abgetan. Doch der Gedanke, die Schönheit von Skye mit ihrem Menschen an der Seite zu sehen, ließ ihre Herzfrequenz ansteigen. Es wäre ein Ort für sie, um neue Erinnerungen mit Ross zu schaffen; sie und Jamie hatten es nie nach Skye geschafft.

Ihr Drache meldete sich zu Wort: *Wir sollten gehen. Ich wollte schon immer mal dahinfliegen.*

Die Erinnerung an das Fliegen schwächte

Lornas Begeisterung. *Es ist so lange her. Ich glaube nicht, dass ich es so weit schaffen würde.*

Natürlich können wir das. Außerdem gibt es mir die Chance, Ross zu beeindrucken.

Lorna sah ihren Menschen an und lächelte. Sie musste zugeben, dass es Spaß machen würde, Ross' Gesicht zu beobachten, während sie über die Felsen und Grate von Skye schwebte.

Ross hob die Brauen. „Sollte ich überhaupt fragen, warum du diesen teuflischen Glanz im Auge hast?"

„Teuflisch? Nein, es ist mehr Vorfreude."

„Worauf?", fragte er langsam. „Ich bezweifle irgendwie, dass es mit mir zu tun hat, nackt in deinem Bett, da du mich in den letzten paar Tagen fast ausgelaugt hast."

Sie versetzte ihm einen Knuff in die Seite. „Ruhig, alter Mann. Du hast es genauso genossen wie ich."

„Welche Pläne hast du dann für mich?"

Lorna lächelte. „Du wirst einfach abwarten und sehen müssen. Wann brechen wir auf?"

Er sah ihr in die Augen. „Das war schnell. Ich hatte erwartet, mehr Überzeugungsarbeit leisten zu müssen, um dich zum Gehen zu bringen."

„Ein paar Tage, ohne dass meine Kinder hereinplatzen? Ganz zu schweigen von der Chance, Erinnerungen mit dir zu schaffen und was Neues zu sehen? Warum sollte ich nicht gehen wollen?"

Er küsste sie sanft, bevor er murmelte: „Du bist voller Überraschungen, Liebes."

„Du hast ja keine Ahnung."

Ross schmunzelte und antwortete: „Ich freue mich darauf. Was unsere Abreise betrifft: Du hast eine Stunde. Ich habe schon gepackt, also werde ich ein Nickerchen machen, während du deine Sachen fertigmachst."

„Sowas wirst du nicht tun. Du kannst die Aufgaben erledigen, die du aufgeschoben hast. Ich habe nicht vor, das Cottage wie eine Müllhalde zu verlassen."

„Ich sage immer noch, dass das Cottage sauberer ist, als ich es in Aberdeen je hatte." Lorna hob ihre Augenbrauen, und Ross seufzte. „Gut, ich fange an. Aber du solltest wissen, dass mein Energielevel heute Abend nicht auf Höchststand ist."

Lorna senkte die Stimme, als sie ihre freie Hand auf Ross Oberschenkel legte. „Ach, ich schätze, du schaffst das. Ich habe meine eigene Überraschung für dich."

„Das ist mein sexy Mädel. Schwer zu glauben, dass du anfangs schüchtern bei mir warst."

Er zog sie an sich und drückte einen Kuss auf ihre Lippen. Als er ihren Mund erforschte, setzte Lorna sich rittlings auf seinen Schoß.

Sie schaukelte gegen ihn, und Ross stöhnte. Wenn nicht die kostbaren Minuten ihrer Ferienzeit bereits tickten, hätte er sie nach oben gebracht und Lorna seinen Namen schreien lassen.

So oder so unterbrach Fayes Stimme sie. „Ich dachte, ihr beide wärt schon weg! Je eher ihr aufbrecht, desto eher könnt ihr diese unbeholfene Phase des Knutschens und Rummachens hinter euch bringen."

Lorna drehte den Kopf. „Faye Cleopatra, achte auf deinen Tonfall!"

Faye seufzte. „Ja, Mum. Aber solltet ihr nicht im Urlaub sein?"

Ross hatte eine Idee. „Aye, das sollten wir. Aber ich habe einige Aufgaben, die erledigt werden müssen, und du wirst mir helfen. Je eher sie fertig sind, desto eher sind wir dir aus den Füßen."

Lorna flüsterte: „Fauler Mensch!"

Aber Faye hatte es entweder nicht gehört oder tat so, als hätte sie es nicht getan. „Dann lass uns anfangen. Grant wollte rüberkommen und mir bei meiner Physiotherapie helfen, und ich hätte lieber, dass ihr beide dann weg seid. Nicht, dass ich euch nicht liebe, aber ich bin mir ziemlich sicher, dass Grant nicht sehen will, wie meine Mum Ross küsst."

„Und warum nicht? Er könnte was lernen", antwortete Ross.

Lorna verdrehte die Augen und rutschte von seinem Schoß. „Beende einfach die Arbeit. Mit Fayes Hilfe würde ich hoffen, dass es makellos ist, aber sie ist genauso schlimm wie du, wenn es ums Putzen geht."

Faye zuckte mit den Schultern. „Hey, solange es einen Weg gibt, auf dem man laufen kann und nirgendwo Schimmel wächst, ist es für mich sauber."

Lorna runzelte die Stirn. „So viel zu deiner Armee-Ausbildung, die das beheben sollte."

Für den Bruchteil einer Sekunde schwor Ross, er sah Traurigkeit in Fayes Augen flackern, aber sie war im Nu verschwunden. Er wettete, dass sie es vermisste, Vollzeitbeschützerin zu sein; ihre Flügelverletzung im letzten Jahr hinderte sie immer noch daran, ihre früheren Pflichten zurückzufordern.

Um Faye abzulenken, stand Ross auf und deutete in Richtung Küche. „Lass uns da loslegen." Er senkte seine Stimme und scherte sich nicht darum, dass Lorna ihn trotzdem hören konnte. „Es könnten noch ein paar Kekse übrig sein."

Lorna lächelte. „Sie verstecken sich im Schrank über dem Waschbecken."

Ross wollte fragen, warum sie so leicht nachgab, aber er hatte das Gefühl, dass Lorna dieselbe Traurigkeit in Fayes Augen gesehen hatte.

Er ging zwei Schritte an Faye vorbei und sagte: „Dann beeil dich, Faye, meine Liebe, oder ich esse alle Kekse, bevor du blinzeln kannst."

„Ich denke nicht."

Mit einem Knurren stürmte Faye in die Küche. Ross schmunzelte, warf Lorna einen Kuss zu und folgte Faye in den anderen Raum.

EINE STUNDE später stand Lorna stirnrunzelnd am Rande des hinteren Lande- und Startbereichs von

Lochguard. „Warum kommst du mit uns, Iris? Wir werden in Sicherheit sein. Du solltest hierbleiben."

Iris Mahajan war eine von Lochguards Beschützerinnen und ihr bester Tracker.

Die Frau mit der goldenen Haut und den langen, schwarzen Haaren zuckte mit den Schultern. „Egal, wie sehr du mit mir streitest, Lorna MacKenzie, ich werde Grants und Finns Befehl nicht widersprechen. Können wir los?"

Lorna schnaubte, aber Ross ergriff das Wort, bevor sie es konnte. „Aye, wir sind bereit. Aber könntest du uns eine Minute geben?"

Mit einem Nicken ging Iris auf die andere Seite und begann, ihre Kleider auszuziehen.

Ross wandte den Blick ab, um sich auf Lorna zu konzentrieren. „Der Angriff auf Lochguard ist noch nicht so lange her, Liebes. Es ist ein Wunder, dass Finn uns überhaupt vom Land lässt. Wenn er denkt, wir brauchen einen zusätzlichen Beschützer außer dem auf Skye, dann sage ich, wir nehmen die Hilfe an."

Lorna seufzte. „Ich weiß. Es ist einfach schwer, den Verlust unserer Freiheit zu akzeptieren. Anders als in England hatten wir seit Jahrhunderten die Freiheit, überall in Schottland zu fliegen. Mir gefällt einfach nicht, dass ich über die Schulter blicken muss, vor allem, wenn man bedenkt, wie lange es her ist, seit ich so eine große Distanz geflogen bin."

Ross berührte ihre Wange und sah ihr in die Augen. „Ich kann Iris bitten, mich zu tragen, wenn es hilft."

Ihr Drache meldete sich zu Wort. *Ross wird keine Last sein. Wir sind stärker, als du denkst.*

Und du bist eingebildet. Es wird eine halbe Stunde dauern, dahin zu kommen. Der längste Flug, den wir seit Jahren hatten, war fünfzehn Minuten.

Und wessen Schuld ist das?

Ross' Stimme unterbrach ihre Unterhaltung. „Du musst mir nichts beweisen, Lorna MacKenzie. Was hast du mir noch während meiner Krebsbehandlungen und der anschließenden Genesung immer gesagt?"

„Ein wahrer Held weiß, wann er um Hilfe bitten muss", sagte sie.

„Aye, also sei ein wahrer Held. Soll ich mit Iris fliegen?"

Lornas Stolz wollte die Idee zurückweisen. „Du bist zu schlau für dein eigenes Wohl, Mensch."

Ross grinste. „Ich bin überrascht, dass du das bisher nicht zugegeben hast."

Lorna schlug ihm auf den Arm und antwortete: „Dein Ego wird dein Tod sein." Ross schmunzelte. Lorna lächelte, bevor sie zu Iris blickte, die nackt auf der anderen Seite der Lichtung stand. Lorna drehte Ross' Rücken zu der jungen Drachenfrau, als sie sagte: „Bleib so, während ich mit Iris rede."

„Ist sie nackt?"

„Ja, aber ich warne dich - dreh dich um, und du schläfst heute Abend allein."

Ross schüttelte den Kopf. „Meine eifersüchtige Drachenfrau."

„Hmph", antwortete Lorna, bevor sie zu Iris marschierte.

Ihr Tier meldete sich wieder zu Wort. *Ich mag Ross. Ich kann es kaum erwarten, mit ihm noch ein bisschen mehr in meiner Drachengestalt zu spielen.*

Dann benimmst du dich besser, bis wir das Cottage auf Skye erreichen.

Als ob du mich aufhalten könntest!

Anstatt Zeit mit Argumentieren zu verschwenden, konzentrierte sich Lorna auf Iris. Die Drachenfrau hob ihre Augenbrauen und fragte: „Was ist los, Lorna?"

Sie zögerte eine Sekunde, wischte es aber schnell beiseite. „Hättest du was dagegen, Ross nach Skye zu tragen? Ich bin mir nicht sicher, dass ich das hinbekomme."

Überraschung blitzte in Iris' braunen Augen auf, aber sie wurde schnell durch Zustimmung ersetzt. „Natürlich nicht." Iris blickte auf Ross' Rücken und dann zurück zu Lorna. Belustigung färbte ihre Stimme, als sie hinzufügte: „Schick ihn zu mir, sobald ich wandle. Ich werde auch mit dem Wandeln warten, bis du Ross sicher weggebracht hast. Dann wird er mich nicht nackt sehen."

„Danke, Iris."

„Alles für dich, Lorna. Du hast meine Eltern mit offenen Armen aufgenommen, als sie aus Indien kamen, um Schutz vor den Drachenkriegen zu suchen, die dort vor meiner Geburt wüteten. Es bedeutet ihnen immer noch viel."

Lorna wedelte mit einer Hand. „Das war nichts Besonderes. Ich habe getan, was jeder tun würde."

Iris lächelte. „Wenn du meinst." Lorna öffnete den Mund, doch Iris kam ihr zuvor. „Ich werde jetzt wandeln. Je eher wir aufbrechen, desto eher kannst du deinen romantischen Urlaub mit deinem neuen Mann verbringen."

Iris lief ein paar Meter weg, hielt an, und ihr Körper glühte in einem hellen Lila. Als ihre Gliedmaßen zu Vorderläufen und Hinterbeinen wuchsen, wandte sich Lorna wieder Ross zu. Sobald sie nahe genug war, sagte sie: „Du kannst dich jetzt umdrehen."

Er wirbelte herum und endete mit einem dramatischen Schwung seiner Arme. „Ich habe nicht einmal gespäht. Dafür sollte ich belohnt werden."

Lorna verdrehte die Augen und zeigte auf den großen Korb mit den riesigen Eisenringen in der Mitte des Landeplatzes. „Geh einfach. Iris wird dich tragen."

Ross beugte sich vor und küsste Lorna, bevor er sagte: „Das ist mein Mädel."

„Beeil dich, Mensch. Je länger du trödelst, desto länger dauert es, bis wir nach Skye kommen."

Während Ross auf den Korb in der Nähe von Iris' lila Drachen zuging, lächelte Lorna vor sich hin. Sie hatte so das Gefühl, dass Ross immer auf sie aufpassen würde. Nur das zu wissen, fühlte sich … gut an.

Ihr Drache meldete sich zu Wort. *Natürlich tut es*

das. Wir sollten uns beeilen und ihn paaren, damit er nicht weglaufen kann.

Ich bezweifle sehr, dass Ross irgendwohin laufen würde.

Du weißt, was ich meine. Er sorgt dafür, dass wir uns schön fühlen, passt auf uns auf und hilft mit den Kindern. Was willst du mehr?

Lorna wollte Liebe, aber es war zu früh, um zu hoffen, dass Ross so fühlte, egal, was sie empfand.

Er hatte ihr seit Monaten das Herz gestohlen, obwohl sie bis in die letzten Tage zu stur gewesen war, um es zu bemerken. Nicht, dass sie das ihrem Drachen gegenüber zugeben wollte.

Anstatt das Gespräch mit ihrem Tier fortzusetzen, sagte Lorna nur: *Lass uns wandeln.*

Endlich!

Nachdem sie ihre Kleidung schnell ausgezogen und sie in der großen Tasche verstaut hatte, die sie mit einem Vorderlauf tragen würde, schloss Lorna die Augen. Sie stellte sich vor, wie sich ihre Finger in Krallen ausdehnten, Flügel aus ihrem Rücken wuchsen und ihr Körper sich bis zur vollen Höhe ihres Drachen ausdehnte. Eine Sekunde später schlug sie einmal zur Sicherheit mit den grünen Flügeln.

Ross' dröhnende Stimme erregte ihre Aufmerksamkeit. „Es ist ein Wettrennen, Liebes. Wer zuerst da ist, kann heute Abend eine Fantasie beanspruchen."

Bevor sie mehr als nur blinzeln konnte, schwebte Iris an Ort und Stelle und ergriff die Metallringe mit ihren hinteren Klauen. Dann schlug der lila

Drache ihre Flügel nach oben und verschwand in der Ferne.

Lorna hockte sich hin, nahm ihre Tasche mit dem Vorderlauf und sprang in den Himmel. Mit jeder Kraft, die sie besaß, drückte Lorna sich nach oben. Unter normalen Umständen hatte sie keine Chance, Iris zu schlagen. Aber da die Beschützerin den Korb trug, Ross und den Großteil ihres Gepäcks, könnte Lorna eine Chance haben. Es ging eher darum, sich nicht zu verfliegen. Es war Jahre her, seitdem sie das letzte Mal nach West-Schottland geflogen war.

Ihr Drache schnaubte. *Ich verfliege mich nie.*

Hoffen wir es, Drache. Hoffen wir es.

Lorna war so entschlossen, zu gewinnen, dass ihre Angst, im Fliegen könnte ihr etwas zustoßen, wie Jamie in einem Gewitter ums Leben gekommen war, nicht einmal den hässlichen Kopf hob.

Kapitel Zehn

Kurz nachdem Lorna die Küste von Skye erreicht hatte, begann ein Ziepen in ihrer linken Schulter. Jeder Schlag ihrer Flügel verstärkte den Schmerz, der durch ihren Körper schoss.

Sie sagte zu ihrem Tier: *Wir müssen landen. Wenn wir weitermachen, können wir vielleicht länger als eine Woche nicht fliegen.*

Ihr Drache schnaubte. *Wir sind fast da. Ein bisschen länger wird nicht wehtun.*

Da es kontraproduktiv gewesen wäre, ihr Tier dumm zu nennen, wählte Lorna einen anderen Ansatz. *Willst du Ross in den nächsten Tagen in die Luft mitnehmen?*

Natürlich.

Ein weiterer Schmerz erschütterte ihren Körper. *Mach weiter so, und wir werden nicht mit unserem Menschen spielen können. Eine zehnminütige Pause wird uns guttun. Ich verspreche, nicht zurückzuwandeln oder dich einzuschränken. Ich weiß, wie sehr du es vermisst, in dieser Gestalt zu sein.*

Ihr Drache hielt ein paar Sekunden inne, bevor er antwortete: *Nur ein paar Minuten. Ich sehe vor uns einen guten Ort, um zu landen.*

Als sie hinabstiegen, entdeckte Lorna das relativ flache Stück Land zwischen Hügeln, einem Bach und vielen Felsen.

Nachdem Lorna langsam hinabgeglitten war, berührten ihre Hinterläufe den Boden. Kaum hatte sie ihre Flügel gegen den Rücken geschlossen, tauchte hinter einem Hügel der Kopf eines Menschen auf, der einen alten, abgenutzten Fedora trug.

Sie erstarrte. Soweit sie wusste, gab es keine Drachenjäger auf Skye. Aber bis sie sicher wusste, wer der Mann war, beobachtete Lorna all seine Bewegungen.

Der Mann kletterte über den kleinen Hügel. Seine Füße, Knie und Hände waren mit Schlamm verschmiert. Er war jung, vielleicht so alt wie ihre Söhne, aber das war alles, was sie mit dem Hut sehen konnte, der einen besseren Blick verhinderte.

Er sprach schließlich mit einem südenglischen Akzent. „Hallo, Drache. Schön, dich hier zu treffen."

Lorna runzelte so sehr die Stirn, wie ein Drache es nur konnte, und wünschte, sie könnte ihm eine Frage stellen. Aber sie würde auf keinen Fall vor dem Fremden in ihre menschliche Gestalt wandeln, zumal sie scharfe Krallen und beeindruckende Kraft hatte, solange sie ein Drache blieb.

Der Mensch streckte seine Hände zur Seite, die Handflächen nach oben. „Ich werde dir nicht wehtun. Ich interessiere mich mehr für das, was dort begraben ist, als einen Drachen zu töten." Sie schnaubte, und der Mensch legte seine Hände auf die Hüften. „Mein Name ist Max. Entschuldige mein matschiges Aussehen, aber das passiert oft beim Ausheben eines Suchgrabens."

Suchgraben war ein seltsames Wort für ein Loch. Nicht, dass Lorna seine Wortwahl interessierte. Sie lauschte genau und hörte nichts anderes als den Wind. Der große, schlanke Mann war allein hier.

Ihr Drache meldete sich wieder zu Wort. *Ich sage, schnappen wir ihn uns, und wir können ihn auf dem Weg zum Cottage in einen der Lochs werfen.*

Wir hatten so schon Probleme mit dem Fliegen, und jetzt willst du noch mehr Gewicht tragen? Sei einfach still, und lass mich nachdenken.

Ihr Tier grunzte, sagte aber nichts weiter.

Lornas Optionen waren beschränkt. Sie mochte lange genug fliegen können, um dem Menschen zu entkommen, aber dann lief sie Gefahr, dass er anderen erzählte, dass es Drachen auf Skye gab. Die Einheimischen waren Lochguard gegenüber loyal, aber der Mensch war Engländer, und sie vertraute ihm nicht.

Die andere Möglichkeit wäre, den Menschen bewusstlos zu schlagen und ihn in ihren Klauen zu halten, bis jemand sie suchen kam. Lorna war immer pünktlich, also würde Iris sofort etwas ahnen, wenn sie nicht auftauchte.

Max machte einen Schritt auf sie zu, und Lorna spannte sich an, für den Fall, dass sie losstürzen musste. Der Mann schnalzte mit der Zunge. „Schau mal an. Du hältst mich für eine Bedrohung, nicht wahr?" Er schmunzelte, während er seinen Hut zurechtrückte. „Ich bin am weitesten von einer Bedrohung entfernt, Drache. Um ehrlich zu sein, grabe ich ohne Erlaubnis und möchte selbst nicht erwischt werden. Also, wenn du wegfliegst, erzähle ich niemandem von dir, und du erzählst niemandem von mir. Deal?"

Um sich ein wenig Zeit zu verschaffen, darüber nachzudenken, was sie tun sollte, entblößte Lorna ihre Zähne. Das sollte dem Menschen Angst machen.

Aber ein Blick voller Staunen erfüllte seine Augen, und er trat einen Schritt vor. „So sehen sie also in einem lebenden Drachen aus. Ich habe sie immer nur in der Erde begraben gesehen."

Lorna knurrte und musterte ihn noch einmal. Warum sollte er Drachenzähne ausgraben? War er eine Art exzentrischer Knochensammler?

Max zog sich ein paar Schritte zurück und legte wieder die Hände hoch. „Kein Grund, mich anzuknurren. Ich bin Archäologe, und das Graben ist meine Leidenschaft." Sie knurrte wieder, und er fügte hinzu: „Mein Interesse gilt den Drachenwandlern zur Zeit der römischen

Eroberung Großbritanniens. Aber niemand will mir dafür einen Zuschuss geben, geschweige denn mich bezahlen. Also tue ich so, als suchte ich nach menschlichen Siedlungen der Eisenzeit und der Römerzeit. Normalerweise bringt mich das auch an den richtigen Ort für die Drachen dieser Zeit. Solange ich genug menschliche Beweise finde, um die Leute davon zu überzeugen, dass ich meine Arbeit richtig mache, kann ich diese Scharade aufrechterhalten. Vielleicht kannst du mir helfen, auch Drachenwandler davon zu überzeugen? Das wäre brillant, wenn wir eine Allianz zur Erhaltung der britischen Drachenarchäologie gründen könnten."

Lorna blinzelte. Wovon sprach er denn?

Aus dem Augenwinkel sah sie, wie ein lila Drache sich näherte. Es war Iris.

Um den Menschen davon abzuhalten, ihre Annäherung zu bemerken, sprang sie näher an ihn heran und zeigte auf das Loch im Boden.

Die Aufregung füllte Max' Augen. „Der Graben dort sollte mir sagen, ob die alten Drachenwandler von Skye hier ihre Basis hatten. Die Referenzen sind in historischen Dokumenten bestenfalls ungenau, aber ich glaube, ich habe es endlich herausgefunden."

Max' Tonfall war so einnehmend, dass Lorna fast mehr hören wollte.

Dann erinnerte sie sich, dass er eine Bedrohung sein konnte, soweit sie wusste.

Glücklicherweise musste sie ihn nicht mehr

ablenken, da Iris herabstürzte und seine Mitte mit ihren Klauen packte. Max schrie, als Iris mit ihm an Ort und Stelle schwebte.

Als sein Hut auf den Boden schlug, sah er die Drachenfrau finster an. „Das ist mein Lieblingshut!"

In Iris' Augen blitzte die Verwirrung auf, verflüchtigte sich aber schnell. Sie begegnete Lornas Blick und neigte den Kopf. Sie fragte, ob Lorna wegfliegen konnte oder nicht.

Lorna testete ihren Flügel und nickte ihr zu. Sie konnte eine kurze Strecke schaffen.

Lorna sprang in die Luft und schlug mit den Flügeln, bis sie auf den Windströmungen gleiten konnte. Sie hatte keine Ahnung, was Iris mit Max machen würde, aber das konnte sie später herausfinden. Im Moment würde Ross sich Sorgen machen, und Lorna sehnte sich danach, sein lächelndes Gesicht wiederzusehen.

Ross stand neben Shay, einem der jüngsten Beschützer von Lochguard, und versuchte, sich seine Sorge nicht anhören zu lassen, während er fragte: „Bist du sicher, dass Iris sie finden kann? Vielleicht sollten wir Lochguard kontaktieren."

Shay schüttelte den Kopf. „Wir warten damit, irgendjemanden anzurufen, bis Iris zurückkommt. Sonst wird Finn seine Tante nie wieder erlauben, das Gelände von Lochguard zu verlassen."

„Ich wette, diese verdammte, sture Frau hat sich

zu schnell zu viel zugemutet. Sie ist seit Jahren nicht viel geflogen", sagte Ross.

Shay schwieg ein paar Sekunden, bevor er antwortete: „Sie hat es wahrscheinlich getan, um dich zu beeindrucken."

Ross sah zu Shay und hob seine Augenbrauen. „Was?"

„Ich kenne Lorna mein ganzes Leben, ebenso wie viele andere im Clan. Sie war nie unglücklich, aber in der letzten Woche hat sie geglüht. Ich war mir erst nicht sicher bei dir, Mensch, aber mit deiner Hilfe bei der Aufräumaktion nach dem Angriff hast du gezeigt, dass du dich für Lochguard engagierst. Du könntest Lorna MacKenzie schon würdig genug sein." Shay grunzte. „Aber erzähl' jemandem, dass ich das gesagt habe, und ich werde dich einen Lügner nennen."

Ross versuchte, nicht zu lächeln. „Eines Tages wirst du lernen, dass, auch wenn man ein hartes Image hat, man Gefühle haben darf, Junge."

Shay schwieg, und Ross machte sich wieder daran, den Himmel abzusuchen. Während er es vor dem jungen Drachenmann an seiner Seite gut verbarg, machte Ross sich Sorgen, dass Lornas Verspätung seine Schuld war. Was, wenn sie sich den Flügel gebrochen hatte? Oder, schlimmer noch, abgestürzt war und ein Drachenjäger sie gefunden hatte?

Die verdammte Frau musste nicht versuchen, ihn zu beeindrucken. Er wollte sie schon so mehr als jede andere seit seiner verstorbenen Frau. Er müsste

Lorna einfach davon überzeugen, sobald sie zurückkam. Denn, verdammt noch mal, sie würde zurückkehren. Er hatte nicht gerade sein Leben zurückbekommen, um es sich dann wieder nehmen zu lassen. Er konnte sich nicht vorstellen, ohne Lorna zu leben.

Er wollte sie als seine Gefährtin.

Die Finger, die gegen seinen Oberschenkel trommelten, hielten inne. Die Erkenntnis war plötzlich gekommen, aber es war die Wahrheit. Er wollte Lorna für den Rest seiner Tage an seiner Seite.

Sie musste nur gesund und munter ankommen, bevor er irgendwas tun konnte.

Ross trommelte wieder mit den Fingern gegen seinen Oberschenkel und kniff die Augen zusammen. Da war ein winziger Fleck am Himmel. Nach einer scheinbaren Ewigkeit erkannte er, dass der Drache grün war. Da Iris lila war, musste es Lorna sein.

Er mochte es nicht, wie der Rhythmus ihrer Flügel alle paar Schläge stockte. Sie verlangte sich definitiv zu viel ab.

Lorna glitt schließlich hinunter und landete. Ross deutete auf Shay. „Geh vorerst rein. Ich werde rufen, wenn wir dich brauchen."

Man musste dem jungen Drachenmann zugutehalten, dass er ohne ein Wort verschwand. Auch nicht zu früh, denn Lorna erleuchtete in einem blassen Grün, bevor sie in ihre nackte menschliche Gestalt zurückschrumpfte.

Ross ließ den Mantel von den Schultern fallen, während er zu ihr eilte. „Wurde aber auch Zeit, dass du kommst, Liebes."

Er legte den Mantel um Lornas Schultern, als sie antwortete: „Es ist deine Schuld, dass ich zu spät komme, also mach mir keine Vorwürfe. Mich dazu zu drängen, so zu hetzen! Meine alten Flügel konnten mit dem Stress nicht umgehen."

Ross strich über Lornas Wange und murmelte: „Es tut mir leid. Ich habe nicht nachgedacht. Ich vergesse manchmal, dass ich kein junger Kerl von zwanzig mehr bin, der jeden herausfordern kann, der es wagt." Er hob seine Stimme auf normale Sprechlautstärke. „Aber um es wieder gutzumachen, werde ich mich um dich kümmern. Ich habe dich am Himmel kämpfen sehen. Was tut weh? Sollen wir einen Arzt rufen?"

Lorna lächelte, während sie Ross' Brust tätschelte. „Ich brauche keinen Arzt. Aber eine Tasse Tee und warme Kleidung schön wären."

Er drehte sich um, bis er seinen Arm um Lornas Schultern legen konnte. „Erzähl mir, was passiert ist. Und beschönige nicht die Details."

Seine Drachenfrau schnaubte. „Und jetzt kommandierst du mich herum, als wäre ich deine Gefährtin."

Ross knurrte. Er blieb stehen und drehte sich zu ihr um. „Du wirst meine Gefährtin sein, wenn ich was dazu zu sagen habe, Lorna MacKenzie."

Sie blinzelte. „Wie bitte?"

„Du hast mich das erste Mal mit deinem

überempfindlichen Gehör schon gehört, Frau. Ich dachte, dir wäre was zugestoßen, und es fühlte sich an, als hätte mir jemand ein Loch in mein Herz geschlagen. Das möchte ich nie wieder fühlen. Es bedeutet nur, dass ich mich um dich kümmern und dafür Sorge tragen muss, dass du dich nicht wieder überanstrengst."

„Ross", antwortete sie atemlos.

„Das sollte besser ein gutes ‚Ross' sein und keine Warnung."

Lorna verdrehte die Augen und schlug ihm auf die Seite. „Fahr' es ein bisschen runter, Mensch."

„Nein." Er streichelte ihre Wange mit dem Daumen. „Du bist meine Zukunft, Lorna, und ich werde darum kämpfen. Die einzige Frage ist: Willst du die gleiche Zukunft wie ich?"

LORNA LEHNTE sich in seine Streicheleinheiten. Jeder Fingerschlag entspannte ihren Körper und lockerte die schmerzenden Muskeln ihres Rückens.

Sie könnte sich daran gewöhnen, ihren Menschen bei sich zu haben.

Ihr Drache meldete sich zu Wort. *Wir müssen uns erst gar nicht daran gewöhnen. Wir werden ihn behalten.*

Sie wollte, ohne zu zögern, zustimmen, aber ein kleiner Teil von ihr hatte Angst, dass Ross ihrer irgendwann überdrüssig werden könnte. Lornas Persönlichkeit neigte dazu, diejenigen zu ermüden, die nicht stark genug waren, um sich gegen sie zu behaupten.

Ihr Tier grunzte. *Warum zweifelst du an ihm? Ross lebt seit fast sechs Monaten bei uns. Jeden Morgen haben wir gefrühstückt, und jeden Abend haben wir gemeinsam ferngesehen. Das Einzige, was uns davon abhielt, ein Paar zu sein, war Sex. Aber darin ist er auch gut. Ich will ihn behalten.*

Ross' Stimme hinderte sie daran zu antworten. „Nenn mir deine Zweifel, Lorna, damit ich sie auslöschen kann."

Die Art, wie er das sagte, mit solcher Zuversicht, ließ Lorna sich ein bisschen näher an ihn heranlehnen. Es war manchmal immer noch schwer zu glauben, dass Ross ein Mensch und kein Drachenwandler war.

Lorna sah Ross unverwandt in die Augen. „Wie kannst du so sicher sein, dass du den Rest deines Lebens mit mir verbringen willst, Ross? Sag mir das zuerst."

Er nickte. „Aye, das werde ich. Aber danach wirst du dich nicht mehr vor einer Antwort drücken können."

„Ich werde es nicht versuchen, also mach dir keine Sorgen, Mensch."

Er legte seine freie Hand auf ihre Hüfte und zog sie sanft gegen sich. Bei dem kleinen Kribbeln, das beim Kontakt durch ihren Körper raste, musste sie sich konzentrieren, um seinen Worten zuzuhören. „Bevor ich nach Lochguard kam und bei dir wohnte, hatte ich Schwierigkeiten herauszufinden, was ich mit meinem Leben anfangen sollte. Meine Tochter war erwachsen, der Krebs war dabei, mich umzubringen, und meine Frau war tot. Als Holly mich nach Lochguard bringen konnte, habe ich mich gefragt, wie ich hineinpassen würde. Drachen sind ganz anders als Menschen, das dachte ich zumindest ursprünglich."

„Ich hoffe, du hast deine Meinung geändert", sagte Lorna.

Ross schmunzelte. „Du bist ungeduldig, Liebes. Lass mich zu Ende reden." Er hob die Brauen, und sie nickte zustimmend. Er fuhr fort: „Deine Familie hat mich an meine eigene Kindheit erinnert. Auch wenn mein Bruder jetzt in Amerika ist, haben er und ich als Kind in den Sommerferien mit unseren acht Cousins und Cousinen gespielt. Die Anderson-Familientreffen lassen die MacKenzies im Vergleich zahm erscheinen."

„Das kann ich kaum glauben."

„Es stimmt, Liebes. Und ich werde dir später alles darüber erzählen. Sobald ich hiermit fertig bin, aye?" Er wartete auf Lornas Nicken, bevor er hinzufügte: „Vom ersten Tag an, an dem ich unter deinem Dach lebte, hast du mich nicht wie einen Fremden oder einen Kranken behandelt. Nein, ich war einfach Ross, der sturköpfige Mensch. Mit jedem Tag, der vergangen ist, habe ich vergessen, dass ich sterben könnte, und habe im Moment gelebt. Dein Lächeln, dein Lachen und sogar dein Stirnrunzeln haben mir geholfen, meinen Krebs noch mehr zu bekämpfen."

„Ross."

„Aye, das ist mein Name. Freut mich, dass du dich erinnerst." Lorna verdrehte die Augen, und er grinste. „Ich liebe dein Augenrollen. Ich versuche, es so oft ich kann zu provozieren."

„Ich weiß, du alter Idiot. Bist du bald fertig mit deiner Geschichte?"

„Ich werde es versuchen, obwohl du mich wieder unterbrechen wirst, da bin ich mir sicher." Lorna sah ihn erwartungsvoll an, und er sprach weiter. „Aye, nun, als der Arzt mir endlich sagte, dass ich wieder gesund bin, war der erste Gedanke, den ich hatte, hinauszueilen und dir die Neuigkeiten zu erzählen. Nicht Holly, sondern dir, Lorna. Ich fühlte mich zuerst schuldig, wenn man bedenkt, was Holly für mich getan hatte, aber mir wurde schließlich klar, warum du mir zuerst in den Kopf geplatzt bist. Ich war schon halb verliebt in dich, Frau. Und als ich mein Leben wieder zurückhatte, wollte ich sicherstellen, dass du meine Seite nie verlassen wirst."

Lorna neigte den Kopf. „Aber du hast nie was gesagt."

„Ich hatte nicht das Gefühl, das Recht zu haben. Bis wir gesehen haben, wie der Mensch die Stonefire-Drachenfrau zur Gefährtin genommen hat, dachte ich nicht, dass wir eine Chance hätten. Klar, wir hätten zusammenleben können, bis wir älter und grauer wären, aber ich weiß, wie wichtig Paarungen für Drachenwandler sind. Ich wollte nicht, dass alle tratschen, und du jeglichen Respekt verlierst, der dir vom Clan entgegengebracht wird."

„Ross Anderson, du bist ein alter Narr."

Er runzelte die Stirn. „Ich versuche, dir mein Herz auszuschütten, und du nennst mich einen Narren. Vielleicht habe ich die ganze Zeit geträumt."

„Hör kurz auf, Witze zu machen und sei ernst. Ich träume auch schon seit mehreren Monaten von dir."

„Warum hast du dann nichts gemacht, Liebes? Eine Andeutung wäre schön gewesen."

Sie ignorierte seinen Witz. Wenn sie nicht bald die gesamte Wahrheit herausbrachte, würde sie es vielleicht nie tun. „Ich bin ein bisschen altmodisch, aye? Ich weiß, dass die Mädels heutzutage den Jungs hinterherrennen, aber zu meiner Zeit wurde das nicht so oft gemacht. Weibliche Drachenwandler sind selten, und die Männer mussten sich anstrengen, um ihre Herzen zu umwerben und sie als Gefährten zu beanspruchen. Hinzu kam, dass ich meinen Jamie nicht loslassen wollte, und ich habe beide Ausreden als Mauer um mein Herz benutzt. Ich habe geglaubt, es würde mein Leben leichter machen, mich von der Liebe fernzuhalten."

„Und jetzt?"

„Und jetzt bin ich dankbar für meine Ausreden und meine Mauer, denn das hat bedeutet, dass ich auf dich gewartet habe, Ross."

„Lorna", krächzte er, bevor er ihren Mund nahm.

Er schob seine Zunge zwischen ihre Lippen und zog sie enger an sich. Mit jedem Zungenschlag vergaß sie die Schmerzen in ihrem Rücken und die viele Zeit, die sie beide verschwendet hatten. Sie hatte einen Mann vor sich, an dem ihr etwas lag, und sie wollte sicherstellen, dass er wusste, wie viel er ihr bedeutete.

Denn trotz ihrer Ausreden und ihres Unwillens zu glauben, dass es so schnell passieren könnte, liebte sie Ross und wollte nicht zulassen, dass etwas anderes als der Tod ihn ihr wegnehmen würde. Und selbst dann könnte sie einen Weg finden, ihn zurückzubringen und ihn dafür zu beschimpfen, weil er sie verlassen hatte.

Ihr Drache knurrte. *Denk nicht an den Tod! Küss ihn und bring ihn rein. Ich will Sex. Jetzt!*

Lorna stritt ausnahmsweise nicht mit ihrem Drachen. Sie unterbrach den Kuss und flüsterte: „Lass uns reingehen. Ich möchte, dass du mich liebst."

„Darum musst du mich nicht zweimal bitten."

Nach einem letzten Kuss nahm Ross ihre Hand und zerrte sie in Richtung Cottage. In der Sekunde, als sie drin waren, tauchte Shay auf. Ein Blick auf Lorna und Ross, und er deutete zur Tür. „Ich bin dann draußen."

„Geh weiter weg!", zischte Lorna. Sie wollte nicht, dass er sie und ihren Menschen hörte.

„Nein, Lorna. Ich bin hier, um euch zu beschützen, und das werde ich auch tun", sagte Shay.

Ross meldete sich zu Wort. „Er wird alles richtig machen und so tun, als würde er nichts hören. Nicht wahr, Junge?"

„Aye. Glaub' mir, das Letzte, was ich hören möchte, ist, wie Tante Lorna Sex hat. Das ist so schlimm, wie bei meinen eigenen Eltern."

Sie öffnete ihren Mund, um Shay zu rügen, aber er war in der nächsten Sekunde draußen. Ross schüttelte den Kopf. „Vergiss ihn", bevor er an ihrem Ohrläppchen knabberte. „Zeig mir, wo das Schlafzimmer ist."

Ja, zeig es ihm, oder ich übernehme die Kontrolle, sagte ihr Drache.

Sie wollte ihrem Drachen auf keinen Fall erlauben, diesen Moment von ihr zu stehlen, also deutete Lorna die Treppe hoch. „Da oben."

Während sie ihren Mann die Stufen hinaufführte, trommelte das Herz in ihrer Brust. Sie mochte schon mehrmals Sex mit Ross gehabt haben, aber diesmal wäre es anders.

Lorna wollte ihren Körper mit dem Mann teilen, den sie liebte.

Kapitel Elf

Ross und Lorna verschwendeten keine Zeit mit dem Ausziehen. Sobald seine Drachenfrau nackt war, legte Ross sie auf das Bett. Er drückte ihr Bein um seine Taille und seine Leistengegend gegen ihre geschwollenen Falten. Lorna stöhnte bei dem Kontakt.

Ross beugte sich hinunter, um an ihrer Schulter zu knabbern, und sagte: „Das Vorspiel muss warten. Ich will meine Gefährtin und die Frau, die ich liebe, beanspruchen."

Lorna stockte der Atem. „Wovon sprichst du?"

Ross berührte ihre Wange und antwortete: „Du hast mich gehört. Ich liebe dich, Lorna MacKenzie. Ich vermute, das habe ich seit Monaten, obwohl ich immer einen Weg gefunden habe, es zu leugnen. Sobald wir wieder in Lochguard sind, finden wir eine Möglichkeit für eine Paarungszeremonie. Auch wenn es bedeutet, dass ich verdammt nochmal für einen PR-Stunt vor Kameras stehen muss."

Sie lächelte. „Habe ich hier auch was zu sagen?"

„Hypothetisch, aye. Im wirklichen Leben, nein."

Sie lachte über die Umkehr ihrer eigenen Worte vom Anfang der Woche. Verdammt, war es erst so kurz her?

Lornas Hand griff zwischen sie und packte seinen Schwanz. Alle Gedanken verließen bei ihrer Berührung seinen Kopf.

Seine Drachenfrau flüsterte: „Ich liebe dich auch, Ross Anderson. Und jetzt zeig mir, wie sehr du mich liebst."

Er fuhr mit der Hand über ihre Wange, ihren Hals und schließlich über ihre Brust und antwortete: „Ich kann nicht viel tun, während du meinen Schwanz hältst." Er nahm ihren Nippel und rollte ihn zwischen seinen Fingern. Der Anblick von Lorna, die ihre Augen schloss und ihren Kopf zurückwarf, brachte nur noch mehr Blut in seinen Schwanz.

Sie ließ ihn schließlich los und packte seine Schultern. Deshalb verlangte er: „Sieh mich an!" Sobald Lorna die Augen öffnete und seinem Blick begegnete, fügte er hinzu: „Ich möchte deine schönen Augen sehen, wenn du in meinen Armen kommst, Liebes."

„Ross."

Anstatt zu antworten, stieß er in ihre feuchte Hitze. Lorna grub ihre Nägel in seine Haut, und er bewegte seine Hüften. „Du gehörst mir, Lorna MacKenzie. Und ich werde dich angemessen beanspruchen."

Er hielt ihr Bein um seine Taille und ließ seine Hand zu ihrer Pobacke laufen. Er hielt sie besitzergreifend, während er sein Tempo steigerte. „Meine schöne Drachenfrau. Sag mir noch einmal, dass du mich liebst."

„Ich liebe dich, Ross." Lorna stöhnte, als er seine Hüften kreisen ließ. „Und nicht nur, weil du gut im Bett bist."

„Wenn du denkst, dass das gut ist, hast du noch nichts gesehen."

Lorna öffnete den Mund, aber Ross streichelte das Nervenbündel zwischen ihren Oberschenkeln. Als er den Druck erhöhte, biss Lorna sich auf die Lippen und bemühte sich, ihre Augen nicht zu schließen.

Er war froh, dass sie es nicht tat, weil die Liebe und das Verlangen, das in ihnen brannte, ihn nur dazu drängten, schneller zu machen.

„Ja, genau so", sagte Lorna mit einer rauen Stimme.

„Sag mir, was du möchtest, Liebes. Ich möchte meiner Frau Lust bereiten."

Sie kratzte über seinen Rücken und antwortete: „Ich will dich so, wie du bist, Ross. Nicht mehr, nicht weniger."

„Verdammt, ich liebe dich, Lorna." Er nahm ihre Lippen in einem groben Kuss. Die Wärme ihres Mundes auf seinem und ihr Kern um seinen Schwanz drückten ihn näher an den Rand. Wenn er nicht vorsichtig wäre, würde er vor Lorna kommen.

Kein Drachenwandler würde das zulassen, und er auch nicht.

Er verstärkte den Druck gegen ihren harten kleinen Knoten, und die Vibration schoss ihm in den Rücken. Als er den Kuss unterbrach, knurrte er: „Ich liebe dich", bevor er härter drängte. Lorna schrie seinen Namen, als sie seinen Schwanz packte und losließ.

Dann stieß er ein letztes Mal zu und hielt inne, während er Lornas Namen schrie. Lust strömte durch seinen Körper, als er in ihr kam.

Mit einem letzten Beben brach Ross auf ihr zusammen. Ihre Arme legten sich gleich um seinen Hals, und sie umarmte ihn.

Ross atmete ihren Duft tief ein und seufzte. „Das ist der Himmel."

„Ausnahmsweise werde ich dir nicht widersprechen."

Anstatt einen Witz zu machen, grunzte er und rollte auf seine Seite, ohne Lorna loszulassen. Er küsste ihre Wange und sagte: „Geht's dir gut, Liebes? Ich weiß, dass du dich auf dem Flug hierher verletzt hast."

Lorna kuschelte sich an seine Seite und antwortete: „Ich werde einen oder zwei Tage lang ein Ziepen in meinem oberen Rücken haben, aber nichts, worüber ich mir Sorgen machen muss. Das gibt dir ein paar Tage, mich wirklich mit deinen Fähigkeiten zu beeindrucken. Wenn du es nicht tust, lasse ich meinen Drachen zum Spielen raus."

„Und was bedeutet das? Ich habe fast Angst zu fragen."

„Sagen wir einfach, dass du tagelang nicht richtig laufen kannst. Mein Drache ist ein recht sexbesessenes Ding."

„Da wir ein paar wertvolle Tage allein haben, möchte ich die nicht mit Eis auf meinem Schritt verbringen, wenn ich es verhindern kann." Er strich mit seiner Hand über ihre Wange. „Aber zuerst möchte ich meine Frau für eine Weile kuscheln."

Er schloss seine Arme fester um sie, und Lorna küsste seine Brust. „Das, kombiniert mit Frieden und Ruhe, klingt nach meiner Vorstellung vom Paradies."

Während sie in angenehmer Stille dalagen, fühlte sich Ross zufriedener, als er es seit langer Zeit getan hatte. Nicht einmal der Gedanke, Lornas Kindern von ihrem Wunsch zu erzählen, sich zu paaren, würde den Moment ruinieren.

LORNA LAUSCHTE AUF ROSS' Herzschlag. Der gleichmäßige Rhythmus, kombiniert mit seinen starken Armen um sie herum, lullte sie langsam ein.

Ihr Drache meldete sich zu Wort. *Noch nicht. Wir hatten nur einen Orgasmus. Ich will mehr.*

Schhh, Drache. Wir haben den Rest unseres Lebens, um das zu tun. Im Moment will ich hier liegen, mit Ross' Armen um uns herum. Es ist zu lange her, seit ich diese Art von Nähe hatte.

Sie erwartete halb, dass ihr Tier sagen würde, es sei Lornas Schuld, aber es ließ sich einfach im Hinterkopf nieder und blieb still.

Während Lorna sich noch bemühte, ihre Augen offenzuhalten, erregte Ross' Stimme ihre Aufmerksamkeit. „Glaubst du, der Clan wird uns akzeptieren?"

Sie hob ihren Kopf einen Bruchteil und sah zu ihrem Menschen auf. „Natürlich werden sie das."

„Du klingst so zuversichtlich, Liebes."

„Ross, ich bin keine naive junge Frau, die denkt, dass jeder Rosenblätter streuen und uns Glück wünschen wird. Aber die meisten im Clan suchen bei mir nach Rat. Wenn ich dir zustimme, werden sie es auch tun."

„Ich nehme an, da sogar Fraser sich beruhigt hat, sollte ich mir keine Sorgen machen."

Sie lächelte. „Ich würde nicht darauf wetten, dass dieser Waffenstillstand von Dauer ist. Fraser wird mich immer beschützen, wie alle meine Kinder. Holly ist wahrscheinlich genauso."

„Aye, das ist sie. Sie ist vielleicht ausgeglichener als Fraser, aber sie ist mutig. Als sie ein Kind war, ist sie immer für diejenigen eingetreten, die als Schwächere in ihrer Klasse schikaniert wurden. Es war ihr egal, ob es sie von den beliebten Schülern entfremdete; sie wollte das Richtige tun."

Lorna legte wieder ihren Kopf an Ross' Brust. „Wenn man das hört, ist es nur logisch, dass sie sich für das Opferprogramm gemeldet hat, um dich zu retten."

„Aye, obwohl ich mir immer noch Sorgen um sie mache. In gewisser Weise bin ich froh, dass sie Fraser hat. Er wird sie vor ihrem größten Feind beschützen – ihrem großen Herzen und ihrer Entschlossenheit, alle zu retten." Er streichelte ihren Rücken. „So, wie ich das Gleiche mit dir machen muss, Lorna."

Sie würde nicht versuchen, es zu leugnen. „Gut, denn ich habe nicht mehr so viel Energie wie früher, und jedem zu helfen, der darum bittet, ist etwas ermüdend."

Ross schmunzelte. „Ich muss möglicherweise ein Terminsystem einführen, bei dem du nur eine bestimmte Anzahl von Stunden pro Woche zur Verfügung stehst."

„Da bin ich mir nicht sicher. Es sind noch fünf Enkelkinder unterwegs, und ich werde sie alle verwöhnen, so sehr ich will."

„Okay, wir werden Ausnahmen für Enkelkinder machen. Aber für alle anderen, vielleicht nur fünf oder acht Stunden die Woche? Schließlich bist du sechzig."

Lorna schnaubte. „Bezeichne mich ruhig als alt!"

Er rieb ihr den Rücken in langen Strichen, und Lornas Drache summte in ihrem Kopf. „Neunzig mag alt sein. Sechzig ist eher das Alter, in dem man sich von Neuem entdeckt. Aber zuerst müssen wir Faye aus dem Haus bekommen. Nur für den Fall, dass dich wiederentdecken Nacktanzen beinhaltet."

Sie kitzelte seine Seite, und Ross lachte. Als sie

endlich ihre Finger stillhielt, machte sie Anstalten, sich rittlings auf seine Beine zu setzen. Lorna stützte sich mit den Händen auf seine Brust und sagte: „Wenn ich nackt bin, werde ich nicht tanzen. Es sei denn, du meinst zwischen den Laken."

Ross stöhnte. „Hast du das wirklich gerade gesagt?"

Lorna grinste. „Aye. Es sieht so aus, als ob deine Sentimentalität sich an mir reibt."

„Was hast du gesagt? Alles, was ich gehört habe, war das Wort ‚reiben', und da habe ich mich gefragt, warum du es nicht tust."

Sie schlug ihm auf die Brust und wackelte mit den Hüften, um ihren Menschen zu quälen. Ross hielt den Atem an, und sie wiederholte es. „Ich war mir nicht sicher, ob es für dich Zeit für ein Nickerchen ist oder nicht. Du schienst mir darauf zu beharren, langsamer zu machen."

Ross legte besitzergreifend die Hände auf ihre Hüfte. „Das mag früher so gewesen sein, aber du musst ein paar spezielle Drachenwandler-Regenerationsfähigkeiten haben, denn ich könnte unseren bisherigen Rekord brechen. Drei Orgasmen in Folge sollten reichen." Er senkte seine Stimme, und die Rauigkeit ließ ihr Schauer über den Rücken laufen. „Und einer davon wird von meiner Zunge kommen."

Als sie in Ross' braune Augen starrte, sah sie nur Liebe, Hitze und einen Hauch von Verspieltheit. Selbst wenn Ross achtzig wäre, dachte sie, er würde nie aufhören, sie so anzusehen.

Ihr Drache meldete sich zu Wort. *Natürlich nicht. Unser erhitzter Blick wird ihn für den Rest seiner Tage in den Wahnsinn treiben.*

Lorna widersprach ihrem Tier nicht.

Sie strich mit der Hand durch sein graues Brusthaar und sagte: „Ich liebe dich, mit deiner Überheblichkeit und allem."

„Das ist keine Überheblichkeit, wenn es die Wahrheit ist." Sie schüttelte den Kopf, aber Ross sprach noch einmal, bevor sie es konnte. „Und du solltest dich besser daran gewöhnen, Lorna MacKenzie, denn ich liebe dich und lasse dich nie mehr gehen."

Lorna hob ihre Hüften, und Ross positionierte seinen Schwanz. Als sie sich senkte, fühlten sich sowohl Drache als auch Frau vollkommen, so wie sie es seit fast dreißig Jahren nicht mehr getan hatten. Vielleicht hätte Ross, wenn sie zwanzig Jahre jünger und gebärfähig gewesen wäre, den Gefährtenrausch ausgelöst.

Aber wahrer Gefährte oder nicht, Ross Anderson gehörte ihr, und sie würde ihn behalten. Der einzige Trick wäre, einen Weg zu finden, den Mann, den sie liebte, vor dem Clan zu paaren. Ihr Mensch hatte nicht weniger verdient.

Dann führte Ross ihre Hüften vor und zurück, und Lorna vergaß alles außer dem Mann in ihr.

Epilog

Einen Monat später

Lorna rückte den dunkelblauen Träger ihres traditionellen Kleides zum zehnten Mal zurecht. Das verdammte Ding rutschte immer wieder runter. „Ich hätte Klebeband mitbringen sollen."

Faye verdrehte die Augen. „Richtig, denn das ist es ja auch, was jede Drachenwandlerin zu ihrer Paarungszeremonie mitbringt."

Lorna machte ts. „Ich dachte, du hast heute zugestimmt, ein bisschen weniger sarkastisch zu sein."

„Aye, ich versuche es ja. Aber es ist ziemlich schwierig."

Fraser steckte seinen Kopf in den kleinen Raum. „Bist du noch nicht fertig, Mum? Der große

Saal hat immer noch kein Dach, und die Zelte halten nur eine begrenzte Menge Nieselregen ab."

Lorna hob eine Braue. „Ich erinnere mich nicht daran, dass dir Regen so viel gemacht hat, wenn du dich als Junge rausgeschlichen hast."

„Aye, nun, ich mache mir Sorgen um Holly, nicht um mich. Sie sollte nicht in der Kälte sein", antwortete Fraser.

Faye schüttelte den Kopf. „Holly trägt mindestens drei Lagen plus eine Jacke. Ihr wird's schon gut gehen."

„Mir gefällt das trotzdem nicht", brummte Fraser.

Lorna richtete sich auf. „Ich bin nur froh, dass du nicht beschlossen hast, die Zeremonie zu sabotieren. Du und Ross wart gestern Abend lange weg. Ich war mir nicht sicher, ob du versucht hast, ihn nach Aberdeen zurückzutragen oder nicht."

Fraser sah sie mit einem vorgetäuscht schockierten Blick an. „Du hast so eine geringe Meinung von mir, Mutter."

Unwillkürlich lächelte Lorna. „Aye, und aus gutem Grund."

Faye ging zur Tür. „Komm, Fraser. Je länger du hier stehst und plauderst, desto länger ist Holly draußen in der Kälte. Wenn du so entschlossen bist, deine Gefährtin reinzubringen, dann lass uns gehen."

Fergus' Kopf erschien neben Frasers „Aye, los geht's. Holly hat mich geschickt, euch zu suchen. Sie dachte, du versuchst vielleicht, Mum zu entführen."

Fraser seufzte. „Sogar meine Gefährtin ist gegen mich. Ich bin mir nicht sicher, wie ich jetzt weitermachen soll."

Fergus legte eine Hand auf Frasers Schulter. „Du kannst später über deine schrecklichen Umstände jammern. Komm schon."

Als Fergus Fraser wegführte, wandte Faye sich Lorna zu. „Ich wollte bis später warten, aber ich habe ein frühes Paarungsgeschenk für dich."

„Aye?"

„Ich bekomme mein eigenes Cottage."

Lorna schloss die Distanz zwischen ihnen und sah ihrer Tochter in die Augen. „Ist es das, was du willst? Ich möchte nicht, dass du nur meinetwegen ausziehst."

Faye lächelte. „Mum, du hast dich lange genug um mich gekümmert. Du und Ross werdet ein bisschen Privatsphäre wollen, und ich muss mich darauf konzentrieren, meinen neuen Platz im Clan zu finden."

Sie berührte Fayes Wange. „Gib deine Träume nicht auf, Süße."

Faye legte ihre Hand über Lornas. „Das werde ich nicht, Mum. Aber keine Physiotherapie bringt mich dahin, wo ich mal war. Das muss ich akzeptieren."

„Was auch immer du tust, ich werde für dich da sein, Faye."

Faye blinzelte, wahrscheinlich um die Tränen zurückzuhalten. „Ich weiß, Mum." Ihre Tochter räusperte sich. „Aber genug von mir. Ross fragt sich wahrscheinlich, wo du bist. Und in seinem Alter willst du doch nicht seinen Blutdruck erhöhen."

„So alt ist er nicht, Faye Cleopatra." Faye grinste, und Lornas Liebe zu ihrer Tochter breitete sich über ihren Körper aus. „Ich liebe dich, Süße."

„Ich dich auch, Mum." Faye ging zur Tür. „Ich werde sie wissen lassen, dass du kommst!"

Damit ließ Faye Lorna allein. Der Gedanke an ein leeres Cottage hätte Lorna vor ein paar Monaten niedergeschlagen, aber jetzt hatte sie Ross. Je eher sie ihn zum Gefährten nahm, desto eher hätte sie jemanden für den Rest ihres Lebens an ihrer Seite.

Ihr Drache grunzte. *Warum stehen wir dann immer noch hier? Gehen wir. Je eher wir eure menschlichen Feierlichkeiten aus dem Weg räumen, desto eher kann ich Ross heute Abend beanspruchen.*

Du hattest ihn doch erst letzte Nacht.

Aye, aber ich will mehr.

Lorna verdrängte die lustvollen Gedanken ihres Tiers, verließ den kleinen Raum, der bei dem Angriff nicht beschädigt worden war, und ging den Flur hinunter. Am Eingang des einstigen Palas atmete sie tief durch und betrat den Raum.

Clanmitglieder füllten den Bereich zwischen den ehemaligen Wänden. So wie es aussah, war der gesamte Clan zu ihrer Paarungszeremonie gekommen.

Doch nach einem flüchtigen Blick sah Lorna in Ross' Augen, und alle anderen nahm sie nicht mehr wahr, als er zwinkerte. Selbst nach all der Zeit ließ ein Zwinkern ihr ein Beben über den Rücken laufen.

Da Lorna ihn nun förmlich beanspruchen wollte, erhöhte sie ihr Tempo. Es war an der Zeit, Ross Anderson zu ihrem Gefährten zu nehmen.

Der Drachenkrieger

Grant McFarland ist der oberste Beschützer von Clan Lochguard. Seine Priorität ist es, die verräterischen ehemaligen Mitglieder zu finden, die den schottischen Clan angegriffen haben. Doch die Berührung einer Frau, die er sein ganzes Leben lang kennt, hat seinen Körper in Brand gesetzt. Sowohl Mann als auch Tier wollen sie, aber bis er gewährleisten kann, dass der Clan sicher ist, muss er ihr widerstehen.

Faye MacKenzie war früher für die Sicherheit ihres Clans zuständig. Dann hat ein Angriff ihren Flügel beschädigt, und sie hat seitdem Mühe, ihren Platz zu finden. Als sie den obersten Beschützer um einen Job bittet, kann sie nicht aufhören, auf seine Lippen zu starren. Sie ist jedoch nicht bereit, ihre Karriere aufzugeben und sich mit einem Gefährten niederzulassen. Sie ist entschlossen zu beweisen, dass sie immer noch nützlich ist, trotz Verletzung und allem.

Als sich das Paar auf eine neue Mission aufmacht, ist es schwer, die Anziehung zwischen ihnen zu leugnen. Wird Grant jedoch, sobald die Gefahr zunimmt, Faye als die Kriegerin akzeptieren, die sie ist? Oder wird seine Überfürsorglichkeit ihnen am Ende allen schaden?

Bücher von Jessie Donovan

<u>Die Stonefire-Drachen</u>

Dem Drachen geopfert

Den Drachen verführen

Die Drachen offenbaren

Den Drachen heilen

Den Drachen wiedererwecken

Vom Drachen geliebt

Dem Drachen ergeben

Vom Drachen geheilt

Dem Drachen helfen

Den Drachen finden

Vom Drachen ersehnt

Den Drachen überzeugen

Vom Drachen geschätzt

Dem Drachen Vertrauen - erscheint demnächst

<u>Lochguard Highland Drachen</u>

Das Dilemma des Drachen

Der Drachenwächter

Das Drachenherz

Der Drachenkrieger

Die Drachenfamilie

Über die Autorin

Jessie Donovan hat mehr als eine halbe Million Bücher verkauft, Hunderttausende weitere kostenlos an ihre Leser*Innen verschenkt und es sogar auf die Bestsellerlisten der *NY Times* und *USA Today* geschafft. Sie ist vor allem für ihre Drachenwandler-Serie bekannt, schreibt aber auch über Elfenhexen, Vampire, Alien-Krieger und hat sogar eine verrückt-komische Liebesromanreihe aufgelegt, die in Schottland spielt. Wenn sie nicht gerade ein Buch liest, auf ihrem Laufband joggt oder mit nur wenigen Groschen in der Tasche durch ein fremdes Land reist, findet man sie oft auf Facebook oder TikTok, wo sie mit ihren Lesern interagiert. Sie lebt in der Nähe von Seattle. Dort regnet es zwar oft, doch der Regen macht auch alles grün.

Besuchen Sie ihre Website unter: www.JessieDonovan.com